冷或不冷
神都在

雨諄 著

序：麻糬紀年一千零一天

1.

「這本書有寫到小麻糬嗎？」

「沒有。」

「那這本書根本沒有出版的意義！」

小麻糬如是說。

2.

應該有兩年，或是三年沒有真正在寫作了。

自從認識了小麻糬以後。有時候她叫做古某寧。

我把荒於寫作歸咎在認識一隻小麻糬身上。

3.

既然不寫新的，那起碼，那至少，來整理舊作。
算是消極中的一種積極，也看看來時路。
自己曾經是熱血文青，現在只是一個無聊大叔。

4.

作品大多是當初在自由時報刊登的。
大概投稿十篇，會錄取一篇。
還有文學獎的一些作品結集，大多來自屏東大學的校友文學獎。
很感謝屏東（教育）大學對我的文學灌溉與栽培。
還有一些（我自己覺得）重要的獲獎作品。
最早的作品是二〇〇六年的〈外貌協會〉。
最新的作品是二〇二三年校友文學獎的獲獎作品。
最喜歡的是短篇小說《夜晚的城堡》。
最遺珠之憾的是小說《夜猛俠》。

5.

考慮了很久，最後不邀請師長、朋友們寫推薦序。
不太喜歡人情的這件事情。
但很推薦師長、朋友們可以購買這本書讓我簽名（伸手情勒）。

6.

希望透過整理舊作，讓自己記憶起創作的初衷與熱情。
也期待自己新作品的誕生。

7.

此書刊登時，應該是麻糬紀年的第一千零一天以後。
大麻糬與小麻糬正過著相當麻糬的日子。

8.葡萄牙Porto

若有似無的夜，人們祈禱並等待著
寧靜前夕的晚風被祝聖過
最好的時光是約翰，儀式是敲敲頭
可能的話，獻上天燈與一千種禱語
愛是神的天光與羽翼，降福在
最好的時刻，人們聚在一起，信仰埋沙
淘金需虔誠，屬靈是寶藏
氣球是我們的願望，直到飛向遠方

聖若翰節：澳門葡萄牙人及土生葡人社群的傳統節日及慶祝活動之一，於每年六月舉辦，以紀念澳門葡人於一六二二年六月二十四日以少勝多擊退荷蘭入侵者。現今聖約翰節時，城市裡的人們會以塑膠小鎚互相敲頭，並點放天燈，來賦予神的祝福。

——二〇二四刊登於《野薑花詩集》第五十一期——

Contents

目次

安靜的聲音

「我們的心裡都有座井，井裡裝滿了水。我們經常丟石頭進去，要試探井水的深度。井很深喔，丟一塊石頭進去，要花很多時間，才知道井有多深、過程有多緩慢。」

「丟下去的剎那，聲音會很大。」

「很大。當石頭沉到底、抵達目的地時，那裡叫做安靜。」

「所以過程是安靜的聲音。」

「是啊。」

——二〇一七年五月二十七日自由時報・花編——

那被偷走的零件

『所以你後來找到了嗎？』

『找到什麼？』

『被偷走的零件啊。』

『沒有找到，因為我已經習慣沒有零件的自己了。』

『適應了。』

『是啊，適應了。少了那個零件，自己可以以另外一種方式運轉。』

『不同於以往的方式。』

『是不同於原先自己的方式。』

『不是自己了。』

『人都是必須要被改變的。雖然零件沒了，但自己還活著，實在是太好了。』

『你後悔嗎？』

『我從來不曾因為自己做過的事感到後悔。』

『零件還要回來嗎？』

『不要了，送她吧。』

——二〇一七年五月二十日自由時報・花編——

找不到的出口

嗯，這個屋裡確實沒有門。

我當初是怎麼走進來的，已經不記得了。也許從外面來看，很容易就找到進來的門也不一定。

沒有照明設備，沒有月光，什麼也沒有。我能夠感覺到自己的呼吸聲，清楚且有規律的正在運作。那是健康的呼吸聲，即使這裡頭並不是太通風。

太黑了。我沒辦法看見自己正舉起的手掌。

我試著揮動手掌，因為看不見的緣故，手掌好像也沒有知覺了一樣。

至少我知道自己正受困在哪裡，處於什麼樣的狀態。這是目前唯一確定的事情。

一種知道自己正在生病的病識感，雖然不像胃痛或肚子痛那樣的直接，但身體確實有零件掉了。

我得找出是哪個零件掉了才行。要把壞掉的自己修好才行。

沒有門的屋子，一定有像門的出入口吧，只是那不一定叫門。

「要趕快出去才行，不然自己真的會這樣消失哦。」

ㄩˇ ㄓㄨㄣ。

把名字念出來，就不會忘記自己是誰了。要記得自己的名字。

門，到底在哪裡？

——二〇一七年四月七日自由時報・花編——

好的明天與壞的明天

「你怎麼知道還有明天？」

「不，我不知道，但大多數的明天都會來。即使我們不一定相當期望著有美好的明天，但它就是會來。」

「所以有區分好的明天，與壞的明天。」

「這我也不能確定。但通常壞的明天，是壞的今天的延續。」

「所以你今天過得很壞囉？」

「我最近一直擁有很多壞的今天。」

「想到改善的方法了嗎？比方說，回顧人生的那些美好，或者是轉開電視，看一些悲慘的新聞。」

「那實在太糟糕了，我不能這麼做。我現在缺少的東西，連我自己也不知道該怎麼說了。」

「那個東西，很重要，很珍貴嗎？」

「是的，獨一無二，而且通常有保存期限。」

「那個東西，有辦法取得嗎？」

「沒有辦法，必須要靠別人給予。這裡的給予，並不是施捨，而是真誠的給予。」

「嗯，我想我明白你說的。那麼明天，應該怎麼辦呢？」

「在明天來臨之前，還是想想今天該怎麼結束吧。平靜的結束一天，有時候很容易。做不到的時候，往往是一種奢求。」

「你為什麼在傻笑？」

「醉了。」

——二〇一七年四月二日自由時報・花編——

三十

「也別太消沉了，一直想著，會被想法給凌遲的。」揮霍又多情的二十五歲說。

二十九歲乾掉第十三瓶啤酒，被滿地壓扁的瓶瓶罐罐圍繞成一個大型垃圾的模樣，一臉要死不死的，打開第十四瓶就接著喝。為賦新詞強說愁的十九歲覺得自己應該能明白二十九歲的心情，但其實並不明白。

「別理他，過一陣子自己就會好起來的，哪那麼多心思在繞。」熱戀到令人稱羨的二十一歲無法理解二十九歲的認真與陷入。

「我們的字典裡有『輸』這個字，也可以認輸，但千萬不能放棄，對於事物有時候不求，反而自己會來。」剛獲獎的二十六歲充滿信心的說，人生才正要開始呢。

剛結束三角戀的二十三歲沒什麼表情，除了等待一顆隕石把自己砸死外，他知道痛苦的來源往往來自於一些過多的執念。在為人生努力的二十歲不想太多，自己專注在書本的世界。兩個人坐在一起，各自擁有不同的心思。

「啐，無聊的傢伙。」放肆的二十二歲什麼都敢，對他來說這個世界是沒什麼好怕的。他自以為已經看透這個世界運轉的模樣與方式。

「別這麼說，生病都是需要時間復原的。」心懷芥蒂的二十四歲，覺得整個世界沒有比他傷得還要病態、還要重。

「對於這個世界，我們都不想放棄，就好好愛這個世界，愛到不想愛為止。」許下誓言、下定決心的二十八歲，擁有自己無所畏懼的目標，覺得一定可以全贏的，一定。

「天下如果是一隻鳥，我一定要把牠給打下來，變成我的。而我是某一個人所擁有的，我專屬於那一個人。」倒吃甘蔗的二十七歲，愛著單純又可愛的她。十八歲大概怎麼想都想不到，會這麼來走一遭。

二十九歲睡著了，如果可以，他希望不要輕易醒來，那太煩人了，這個世界。即使他醒來以後，成為了三十歲，但整個世界什麼也沒有改變，仍然是這樣運轉的，而兩個人幾乎沒有分別的，繼續過著同樣的生活，懷著同樣的心事。

「雖然不知道什麼時候會痊癒，但應該會好起來的。就像冬天了才知道棉被的重要，生病才想念健康時候的自己。還好我們的人生裡，都能夠在冬天裡找到棉被，所以無論是什麼病痛，都一定會過去的，健康一定會被找回來。棉被和健康都一樣重要，我們身旁的人，都是很好的棉被，也都注意著我們的健康。」大病初癒的三十歲說，他覺得自己正在復原與毀滅，這是兩件同時在並軌發生的事，現在也只能這樣了。

他們各自懷著心思：十九歲仍想著人生的可能。二十歲只想義無反顧的為人生衝刺一回。

二十一歲不知道自己處於人生最美妙的時刻。二十二歲在想晚上要去哪裡約會。二十三歲知道自己徹底死過一次了。二十四明白矛盾有時候會殺死自己和身旁的人。二十五歲猜想自已是個惹人愛的渾蛋。二十六歲去兌現別人曾經說過的諾言並讓對方失望。二十七歲在八月重新遇上一個人。二十八歲在台北過著另一種生活。二十九歲已經徹底醉了。

「為什麼不放棄這個世界一陣子呢?」三十歲聽見一個熟悉的聲音對自己說，他想了很久，在想那會是一個什麼樣的方法，但終究想不出來。

——二〇一七年二月十一日自由時報・花編——

等一個聲音

他經常要在家裡等上一整天。每天，必須。

最常聽見的是窗邊那風鈴的聲音，即使他不一定感覺到風，但可以知道什麼時候有風，什麼時候沒有。

他知道過了一個時間點，就少了來往嘈雜的車聲，整個屋外會變得很靜，偶爾會聽見幾輛車子經過的聲音。人經過通常沒有聲音，沒有腳步聲，不會對談。白天一個人走過去的時候，沒有。

他經常必須要留意聲音，特別是下午的聲音。他沒辦法不這麼做，那與他趴著的血液裡流著什麼樣的日子有關。如果不這麼做，他的一天就失去了原來僅有的少數意義。

他無法分辨那其實是偶爾經過的小販叫賣，或者是修理紗窗紗門的聲音。那些聲音對他來說幾乎稱不上有意義。但他知道那有著車械的聲音，和人的聲音，那是不同的。

他在等某一個自己最熟悉的聲音，只要聽到那聲音，他才覺得今天真正要開始了，意義上的開始。

他在屋裡幾乎都趴躺著。可以起身走動，但他寧願保持屋裡原先的樣子，深怕挪動了什麼小東西似的。他知道要讓屋裡一模一樣，是一件會被稱讚的好事。

他不太動靜的，等待著一個聲音。
那是機車到家的聲音，反鎖的門被打開的聲音。
那是主人回來的聲音。

——二〇一六年九月九日自由時報・花編——

正常了

我已經變得不起眼而平凡了。

我的翅膀不再顫動，我的鱗片失去光輝，我的瞳孔裡已經沒有湖面。

我骰不出幸運數字，我擲不出好的硬幣。

我走入了人群。

我開始老了，或者正在老。

我正失去一些，我所不知道的。

「你已經越來越正常了。」

「我知道，我知道。」

——二〇一六年九月二日自由時報・花編——

吸塵器

「鏗！」一聲。

他緊張了起來，腦海中浮現老婆啐罵自己的嘴臉。

老婆最愛的瓷碗破了。

沒辦法了，只好處理掉了。他蹲下身，用手撿拾那些碎片。

「啊！」他急急伸回手指，一滴血珠自他食指流出。他伸進自己的嘴裡含著。旁邊那台吸塵器靜靜擺在那兒。

長長吐了一口氣，該怎麼辦呢，無神狀態的他拿起了吸塵器一直吸一直吸，連碎片都隨便讓它吸進去了。吸塵器忽然震盪起來。

要壞事。他急忙關掉電源，打開內箱檢查，咦？伸手進去，拿出了一只全新的瓷碗。色澤要比原本的漂亮許多，像是會在故宮展示的瓷器似的。

他想了想，覺得疑惑，抬起頭來，看見桌上那瓶米酒。

鏗！

把地板吸乾淨，他打開內箱，從裡頭拿出一瓶酒。是威士忌。

他開始環視這貧脊的客廳。

◎

隔壁鄰居不斷聽見有東西被打破的聲音，他所養的癩痢狗也對著那屋子一直吠。

「陳先生，還好嗎？」鄰居大聲問。

吵雜聲停止了：「我很好，謝謝，在整理這老屋子。」

「壞壞，回來啊！」鄰居喊著那不聽使喚衝進那屋的癩痢狗。

過沒多久，那鄰居疑惑的看著一隻狗從那屋跑了過來。不知是陳先生家裡養的貴賓犬？

◎

「我回來了。喔，天哪！」

回到家的老婆，不敢相信自己的眼神，這真的是自己的家嗎？電視足足大了三倍。簡陋的塑膠桌椅換成了厚實的檜木家具。多了一排的酒櫃。幾幅藝術畫作掛在牆上。不知從哪裡傳來的古典樂正悠悠盪迴期間。

「老公，家裡怎麼回事？」感覺晉升成貴族的她滿心雀躍，猜想莫非老公中樂透了？
最後她看見那從廚房走出來的老公，面無表情拿著吸塵器，另一手還拿著一把沾了血的斧頭。

——二〇一六年七月三十日自由時報．花編——

集點卡

門一打開，我才要走進櫃台，冷氣就像忽然襲來的海浪湧了過來。好冰涼。

我拿出集點卡，交給櫃台一位看起來可能有五十歲的老先生。他衣裝筆挺，那身裝扮反而更適合成為一位管家似的。他看了看集點卡蓋的章印，搖搖頭，退還給我。

「我要兌換。」我明確的語氣，要強調自己已經收集了足夠的章印。

「不，這些還不夠，太少了。」老先生用食指將集點卡移向我這邊。

「不夠？不可能，怎麼會不夠，已經太多了。」我又確認了一次集點卡上的數量，多得嚇人，都蓋到滿出來了。

老先生轉過身去，拿了一本冊子，翻給我看。

「這是上一個來兌換的人所累積的點數，你看。」老先生翻了幾頁，讓我看見那滿滿的章印。

我陷入一陣沉默以後，把集點卡收回來，塞進口袋收好，嘆了一口氣。

「等你收集完足夠的失敗以後再來。」老先生仍是那一貫的笑容，每次都這樣：「成功只是個小禮物，又不會跑掉，急什麼？」

離開以後，我還是覺得那裡的冷氣有點強就是了。

——二〇一六年五月二十一日自由時報・花編——

打卡

他沒有辦法抑制這個衝動。

選擇了要分享的歌（那是一首悲傷的情歌，極為寫實了他的心境），按下送出，他的塗鴉牆隨即又增加了一篇新的發文。那是這個小時以來的第三則了。

他看著寥寥無幾的讚數，怎麼會這樣呢，一定是哪裡出了問題。他覺得自己並沒有被世界，甚至是周遭的人所關注。不該是這樣的。躺在床上的他，不停刷新塗鴉牆，讚數還是沒有增加。目前累積三個讚數，但都是無關緊要的人按的。他懷疑起這些人自己是否認識？

十一分鐘後，他又分享了一則聳動的割喉新聞，但那並沒有為他吸引到讚數。他又找了一支點閱率千萬的短片（一隻耍憨的狗不停作勢要攻擊假人偶。最後主人按下人偶的發光尖叫鈕，嚇跑了那隻可憐的憨狗）分享。他又繼續刷新自己的塗鴉牆，但都不如預期。

個位數到十位數竟是這麼困難的事情，他盡量讓自己保持某種平靜的泰然，用以掩飾自己像是快要透明化消失的內在焦慮。我其實並那麼在乎，並不。他努力告誡自己，並在洗了一個澡後，上網看了一部九十分鐘的電影。電影開演不到半小時，他又不由自主的用手機刷他的塗鴉牆。

他抗拒著桌上醫師所開的藥。總會有辦法的，這並不是我的問題，一定是這個世界哪裡出了問題，一定是這樣的。

最後他想到了一個最棒的點子。

天空與大樓原來是那麼的搭合。他在高速下墜的同時，用手機拍下了自己溫和又帥氣的姿態，像天使下墜般的飛翔。至少他是這麼認為的，並上網打了卡。

他的最後一個意識，停留在得意於自己選的樓層夠高。在墜落到地面之前，充裕的讓網路跑完，照片終於上傳完畢。

——二〇一六年四月三十日自由時報・花編——

晚歸

一群孩子正討論自己父親晚歸的情形。

「我爸爸每天都很晚回家。」小孩A。

「那有什麼，我爸爸都天亮才回家。」小孩B。

「哎呀，我爸爸已經很久沒有回家了。」小孩C。

「啐，每天都有一位陌生的叔叔回我家。」小孩D說。

小孩E一直都很安靜。A催促E說，那你老爸哩？

「我父親每天都很準時回家，但母親都不曾理過他。」小孩E說。

知情的B一陣毛骨悚然：

B的父親，不是過世很久了嗎？

——二〇一六年四月八日自由時報・花編——

黑洞

「小朋友，每天要隨時注意，不要跌入了欺負人與被欺負的黑洞哦，只要掉進去就再也爬不起來了。怎麼往上抓爬都一樣，永遠會記得在黑洞裡的感覺。以後你們變成大人了，還是會記得那呼喊了半天都只有自己的回音，那就是黑洞。

不要以為只有被欺負的人才會跌入黑洞，欺負的人也會。只要跌進去就沒有差別了，會記住一輩子，直到長大。自己的確是欺負過人哪，那樣的，帶著印記長大。

直到有天完全不在意了，也不確定自己做過一些什麼，就表示你們已經開始變老了唷，但那還是很久很久以後的事情。現在唯一要注意的是，不要跌入了那個黑洞裡才是。」

——二〇一六年三月十九日自由時報．花編——

積木人生

他照鏡子的時候，覺得自己應該是某一種人偶，或是積木類的種族。這個城市只有自己，至少他一開始是這麼想的。

他感覺家裡大大小小的物品，在不知不覺中多了起來，吉他、帽子、機關槍、溜滑梯、游泳池、書、雙節棍。不能夠歸類的零散物也越來越豐富，他滿意於自己過著的積木人生。

漸漸的，他有了房子、車子和妻子。牽著她積木的手，他感到心安。

整條街也慢慢熱鬧起來，不似一開始只有自己一間。鄰居也越來越多。

條條相連的街，成為了一個鎮。鎮上什麼都有，摩天輪、機場、酒吧、賭場、賽馬場、銀行、醫院、食品製造工廠。有些地方像拉斯維加斯，有些地方像西部小鎮，完全迥異的風格，併成了一個鎮。

後來陸續出現了許多知名人物，辛普森家族、狼人、吸血鬼、星際大戰、火影忍者。最後連各路英雄也來了，超人、蝙蝠俠、綠巨人浩克、雷神索爾，和小丑與他帶來的七個俏女郎，各個都火辣。

「這個城市，容得下我。」他下了結論，無憂無慮的住在這裡，覺得這一輩子好長。這真是個好鎮。塑膠的壽命，大概有一億年吧。

直到那天，從天空而來的一隻怪手，把他的鎮給剝裂了開來。

◎

「唉……」男子一邊收拾著房間裡一整排的積木城市，每一座都是他用辛苦工作存來的血汗錢買下的：「房價越來越高，這裡已經住不下去了。」

放眼望去，客廳用來裝積木的空盒子，還多著呢。

——二〇一六年二月二十七日自由時報・花編——

結界

不愉快的時候，沒有誰能夠破除我們心牢裡的結界。獨自被困在地窖的當下，像遇到蛇妖似的，我們的時間因此石化。完全沒有辦法前進喔，誰都一樣。沒有誰能夠闖入這個結界。這個結界最終目的是把我們困死在這裡，而且就是我們自己所設置的。

只有必須想辦法喚醒自己、唆使自己，快動啊，可靠的雙腿，走出這裡吧，我們才得以闖出結界。光線從走出的石窖中透進睜不開的雙眼，而呼吸是這麼棒的一件事。

「受困的感覺實在太糟了。」

我們終於獲得救贖。

——二〇一六年一月二十九日自由時報・花編——

多年以後，家又是家

「我以為破碎的東西永遠也救不回來了。與其說救不回來，不如說是刻意讓它保持破碎的原狀。家啊，像厚冰被重物壓得龜裂開來，沒有人能夠復原它的。我們的童年，大概就在那個時候，完全結束掉的吧。

後來乾脆保持那些裂開的冰紋，像藝術雕紋似的，留在我們的心裡了，那些創傷都有了美感和意義。十年、二十年，沒有人會再去在意它，家的樣子就是我們所看到的那個樣子，我們不會去比較它溫不溫暖，那樣沒意義。

那裂紋不知怎麼回事，等到發現時已完好如初，因經年累月而消失了。可能是寒冬又來過一次，它又成了原來的厚冰。大概是神蹟吧，破碎的家重新被成長的歲月建造，每個人都是勤奮的工人，一磚一瓦用水泥蓋了起來，毫不偷懶的。

有人大了、成熟了，有人也老了。怎麼想都想不到，原來十年、二十年的小憎小恨，都因懂事而療癒了，大家漸漸回到這個家，讓這個家之所以為家。

我也覺得很不可思議，原本不期望擁有的東西，竟在不知不覺中擁有了，像是被眷顧了一樣。所謂的愛啊、溫度啊，真的是存在的東西吧，雖然那些對我來說本來是奢侈品，永遠也買不起，但幸運的遇到了人生中的降價，它也成了日常生活用品，很容易就可以獲取，所以我格外珍惜。」

——二〇一六年一月一十日自由時報・花編——

配對

為了保有每一個人的隱私，進入這裡以後，就都是一個人了。

穿著白色套裝的她，長裙底下的高跟鞋有九公分高，不確定她戴的洋帽是為了走來的路上遮陽，還是為了好看。走進專屬電梯，她對著鏡子整理儀容，口紅在唇上左右緩移抹了抹。

辦正事吧。她對著電梯裡的特殊電腦輸入資料，先將自己的基本資料寫入，選了一張最上相的照片，接著輸入年齡、職業、興趣。

「選擇您所要的對象條件。」既然是第一次，就設高點好了。她將醫生、律師、教授都點選入職業欄。想了想，嗯，直接從年薪搜尋應該較快，三百萬應該不為過吧，她想。

她把資料上跑出來的長相帥氣照一一點選圈入，好像貴后選王子似的。她不禁因為興奮期待而臉上露出優越的笑。

以電梯為中心，往上升的每一層樓，以正六面形狀出發的六條通路，可運往各個房間。配對成功的話，可直接進一步會面。裡頭有各式各樣的餐館、休閒運動設施、飯店房間不等，以方便會面者交流與行事。

輸入完畢，電腦快速篩選後，得到了最完美的配對答案。她感到電梯開始向上移動，心跳逐漸加快。真希望第一次就能找到真愛，她想像著白馬王子出現的模樣。

叮！電梯打開，倘大的空間亮晃晃呈現眼前，中央有一手術台。

那名年輕帥氣的外科醫師就坐在手術台上，捧著一大束玫瑰花，望著她笑。連約會都穿著手術袍，超帥。

「初次見面，妳好，送給妳。」他有磁性的聲音說。

她接過玫瑰花謝過後，充滿情意的問他：「你想做什麼？」

「我想……把妳綁在這上面，第一次這樣要求會不會太過份？」醫生相當不好意思的說，隨即裝出鎮定。

她覺得對方情色的很可愛，便緩緩脫下高跟鞋，朝他的臉頰一吻，爬上了手術台。

「那，我要自己先脫衣服嗎？」她性感的問。

「不，不用。」醫生結巴的說，呼吸緊湊。

當她手腳都被綁好的時候，深深吸了一口氣。第一次玩那麼兇還是挺緊張的。

她抬起頭來，發現醫生戴好了口罩，正把手套也套上，並將手術用具推了過來。起先是疑惑，當她看到醫生相當冷漠的眼神，漸漸開始感到恐懼。

「別怕，我等等會先幫妳麻醉，一下就好了。」醫生冷靜而專業的說：「妳的顴骨高了點，不然已經很像我前妻了，等等喔，我馬上幫妳修好。」

她最後一個意識，停留在吸入麻醉氣體之前。

——二〇一六年一月二日自由時報・花編——

被吃掉的名字

「你聽過有一種會吃掉別人名字的動物嗎？」

「動物？夢貘一類的嗎？」

「不知道。牠會吃掉名字，讓人永遠都想不起來。」

「你不想要記得自己的名字？」

「不是的，雖然我的名字稱不上漂亮，但我很珍惜自己的名字，想被吃掉的是心底別人的名字。怎麼樣也忘不掉。」

「有那麼善良的動物就好了。」

「是啊。」

——二〇一五年十二月六日自由時報・花編——

個人接力賽

我們常常站在「這裡」，回頭看看以前的自己，有沒有走比較遠了。

如果力量是一種儲蓄，究竟以前的我們曾儲存了多少力量在宇宙庫裡？像到銀行貸款或存款一樣；支借是一回事，提領是一回事。

我們曾經努力，像在跑大隊接力，將今年的自己，要交棒給明年的自己。年復一年，我們何嘗不是攜帶著自己所有的力量，跑向前了？

「謝謝你，我盡力跑了。」

今年的自己，也可以對往後某一年的自己，這麼說的吧。就像今年也對了從前的自己那麼說了。謝謝你，我前進了。

——二〇一五年十一月二十九日自由時報・花編——

願景

到山區教書、養生、書寫，浪漫的小願景。

仍是個願景。

也許，之所以為願景，就必須一直擺著才好。

如果哪天實踐它了，也許一切又都改變。

「願景如果一直是願景，就感覺人生會一直是人生唷。」

像某個規律循環，早餐就是要那個時間吃、晚上睡前刷牙一定要從右邊開始，那樣。我們覺得不要改變它，人生就會朝著某個大站前進，直到下車；就像鬧鐘一樣，讓它滴答滴答走，分秒不差的，別去動它。沒電，再換個電池，又開始滴答滴答走了。

就像我們童年吃到原本隔著玻璃窗的冰櫃裡的冰淇淋，就會發現它是很好吃，但沒想像中那麼好吃了。

——二〇一五年十一月十三日自由時報・花編——

少年仔加油喔喔喔

「後面家的少年仔，大學畢業沒多久就車禍了，一開始完全沒辦法動。」我在附近跑步，看見一對老夫婦偕同一位青壯年走路，相當蹣跚。馬上想起許久前母親說的少年仔，說和我差不多年次。是許久前，因為我從來沒遇見過。

「那少年仔剛開始很沮喪，想放棄掉自己。但那對老夫婦不斷鼓勵兒子，他終於開始復健。一開始晚上七、八點就出來走了，但少年仔身體很痛，心也很痛，很不想被別人看到自己身軀幾乎全廢的樣子，於是都在夜深、沒什麼人的時候出來走。」母親又說。

我繞社區跑了一千八百公尺了，那對老夫婦和青壯年還走不到一百五十公尺。是青壯年，這是他復健的第五、六年左右，從少年仔就開始艱辛的走。

「剛開始他連一公尺的距離都走不出去，要花很多很多的時間，才能走幾公分。」

顧慮到繞圈一直經過彼此，怕間接影響了他們，就不跑了。

母親每次夜裡在外面整理貨物、洗東西時，看到他們一家緩慢而行，都會對他說：「加油喔！你很棒！」

——二〇一五年十一月七日自由時報・花編——

根性

「我愛著她的感覺，好像已經長出根了。徹底長得很完整了，毫不猶豫的，連自己也無法阻止唷。不管她離開去了哪裡，根都會緊緊依附著她，好像她就是世界上最後的水份。即使她到另外的世界去了，根也並沒有消失，並且成為和那個世界重要的聯結。」

「聽起來好寂寞唷。」

「是啊，但自己好像習慣了這樣的長著根的寂寞了。」

——二〇一五年十月三十一日自由時報・花編——

跑步這件事情

我必須要為你做點什麼事情，必須。那就去跑步好了，到附近國小的操場。晚上十點多，已經沒有什麼人了，有兩個仍圓著操場走、邊聊天的婦人，看不清楚面貌。我跑起來了，讓自己有穿過風的感覺，確確實實的穿過風喔。沒有燈了，像所有店家都歇息了一樣。雲不太多，並沒有遮住月亮。新月。不確定要跑多少圈，就一直跑下去了。用慢的配速，時速六點五公里左右，是快走要再快的速度。五圈，十圈，再跑一下就十五圈了。三十圈，五十圈，目標要跑多少呢？因為是操場，所以並沒有終點，可以一直跑下去。目標這樣的事物，放在胸口附近了，溫溫的，安安穩穩的放在那裡，沒有變數。

全身都溼透了，衣服和底褲都很重，很喘，停下腳步用走的，穿過國小的鐵製旋轉門。我想，今天就為你跑到這裡就好，明天，或者是有衝動要為你做點什麼事的時候，我再來跑。

——二〇一五年十月十日自由時報・花編——

睡前

前幾年，我睡前都會看到一個景象：在黑暗中有一條繩梯，我慢慢攀著它往上爬。大概沒有終點吧，因為我沒有抬頭去看，只看到梯子因為自己的攀爬而晃動著。

但我一直沒有對別人說這個景象，只覺得大家都會很直觀的解讀：「人就是要力爭上游，往上爬就對了。」

但我覺得沒那麼簡單，因為大家並不知道（因為你們沒有看到）那個黑暗其實是沒有惡意的，一點邪惡灰暗的感覺都沒有，就只是黑暗的本身，沒有我們賦予的任何多餘的意義。而繩梯的梯子本身，就連我也摸不出來是什麼材質，不是鐵也不是木頭，大概是宇宙物質還是夢物質之類的，不存在事物吧。

最近半年來睡前看到的景象不一樣了，就連什麼時候改變的，我也難以察覺，好像它偷偷換掉許久了，我竟然都不知道。

我割開自己的胸膛（應該說俐落的劃開），沒有任何痛苦與阻礙的。並不是用什麼工具，我覺察了很久，發現其實是我用左手劃開的，而劃開的位子也不是正中間，稍微偏左一微米。每天都劃開一次，如果我有特別去注意的話，每天都會有的。

雖然不知道是什麼原因，讓維持幾年的入睡前的景象改變了，但我想，一定是我本身的質能悄悄的改變了，在你我都沒有發覺的時候，像夏天和冬天的海水一樣，有著截然不同的存在了。

——二〇一五年九月十二日自由時報・花編——

空白的青少總是時光

你總坐在店外吹風，沒有客人的時候，慵懶一整片空白而美好的時光。

馬路寬廣灰白，冬天死寂而夏日烈曬，假日的人潮總是時而疏散、時而集中。生意好時你總俐落而有效率，是母親的好幫手；冷清時你還沒有養成讀報的習慣，默默體會逐漸成年的抗戰滋味。

特別是沒有生意時，有時一個小時內也不見得人影，如果這時候你無意間翻到社會版第五頁，看見左下角那則未成年少女迷姦案件恰巧是你國小同班同學，那麼在三年後你會因為許多因緣際會加上這顆種子而當上了儲備小警員；如果八點十六分你走去便利商店就會看見被撞死的那隻土狗，而會在成為獸醫的路上愛上大你十歲的音樂家，轉而成為一位一般女大學生；如果你內發的利用空閒看著下載的各式各類電影，因而迷上安海瑟薇、茱莉亞羅勃茲的演技，你會距離二十三歲那年的劇場燈控更靠近一點點。

就像往常一樣，你靜靜的坐在店外吹著冷風，偶爾滑著手機，所以沒有人知道你後來究竟去了哪裡。

——二〇一四年一月十八日自由時報・花編——

烏龜

草葉間的蛛網，隨時等待沒有長眼的無知昆蟲撞上，誰要牠們不明事理的亂飛；跟著搶奪的是看似羞花閉月的食人花，甜言蜜語哄著大家喪命。

夜梟是不眠者，總在夜裡咕咕嚕叫的像在指指點點什麼，指責白天發生的錯誤。烏鴉群跟著應和，顫慄的影子都黑得讓人震懾。孤傲的飛鷹無拘無束的滑翔，絕不與任何鳥類共鳴共舞。

嬉鬧的潑猴喜歡打亂秩序，不守制式、刻板的規矩，每一舉動都那麼的齊天大聖。看似溫馴的山貓，凶狠起來多麼小心眼，利爪一抓蛇也給攫死吃下肚。吃人不吐骨頭的土狼，平時狩獵時集體行動，達到目的後鳥獸散。

權重位高的獅子一吼，最後跑掉的就要遭殃。聰明的長頸鹿總四處觀望，注意來自遠方的風吹草動，是草原上的事故預知者。無辜的綿羊，總是最後一個得知危險訊號，來不及逃跑。

辦公室裡，什麼樣的生物都有，自己像是一隻瀕臨絕種、缺乏保護的烏龜，隨時準備縮進自己的安全地帶。

——二〇一三年四月六日自由時報・花編——

接近核心

以前我覺得人生是無可限量、不可捉摸，沒有什麼是絕對、一定，不像人家說的「宿命」。然而漸漸覺得，自己好像被什麼拉著，雖然不是沿著直線走，但大體方向的確往某個核心邁進，像小磁鐵莫名的被巨大金屬命定的吸了過去。

核心究竟是什麼我並不知道，但總能感覺那究竟是什麼，我正穿過一層層的膜，伸手好像就能再靠近一點，一點點的觸及到那個核心。那是奇怪的東西，有時在夢中它會暗示著一些什麼，或在平常以各種形式出現，讓我信心十足的追著它，企圖摸觸到它的稜角，甚至想要擁有、占據它。

我曾以為那是某一種令我謙卑的信仰，它的確無可名狀、不可言喻，很像是村上春樹筆下角色常聽到的那發條鳥轉動齒輪的聲響，我堅信著它必定會帶給我一些什麼，或帶領我到達某一個無人知曉的境地。我一天天接近它，越覺得這似乎是一種命中注定，即使後來我人生的旅途中做了任何選擇，都是與它有關係了，它先領著我走到重要的路口，再讓我自己去選擇，縱使以後的道路與它無緣，然而走上這條路的開始，它已在我生命不容易碰觸的地方。

我想每個人都是這樣的往某一方向走吧，如果找到了屬於自己的核心。這一些小核心又聚集在很遠很遠的地方，在那裡它們相互影響、彼此靠近，又形成了一個更巨大的核。這巨大的核又在宇宙最深處，無形中匯聚成一股更不為人知的力量。我們人類究竟是多麼渺小，以致於能夠決定的事情小如細胞核與電子的關係，細如寒冬小獸發顫的毫毛。我們將是最謙卑的，在獨自面對心中之核，用以參透真理的時候。

——二〇一二月五月一八日自由時報・花編——

宅男

他幾乎不出門，雙腳和電腦桌底下結成蜘蛛網的關係。

他就像便利商店二十四小時掛在線上，臉書、ＭＳＮ、即時通、噗浪全員到齊，可謂多管齊下。比雷達還要敏銳，一有視窗彈起，他便迫不及待飛鍵文字，好像推銷員怕客戶跑掉似的。

除此之外，他沒有其他興趣了。為了能夠長久窩在電腦前，他甚至計畫好學士五年、碩士四年、博士九年才甘心離開學院的庇護。乾脆死在電腦前算了，他幾乎是如此期待。人生不就是一連串的虛擬嗎？一張張文憑不過就是列印出來的數字，通用貨幣不過就是貝殼進化的交易物，人際關係當然也建立在網路互動的情境之上。

他打著半視窗的線上遊戲，一邊和朋友聊天一邊逛網站。室友都覺得他這個人怪怪的，除了上課幾乎都窩在寢室足不出戶，有時甚至課也沒有去上，口中總說：「沒差，頂多多念一年而已。」電機系，沒有家人會責怪的，外行人不懂，說要準備研究所就能過關。

這天當他去上廁所時，室友一看他的電腦視窗，許多個帳號都是他自己的，他不斷的用自己密自己，和自己聊天說話，甚至談情說愛！

「好忙好忙喔，每天都有很多人密我。」他回來時，這麼對室友說。

室友除了決定搬出去之外，已在考慮要不要通報相關當局前來關注。

——二〇一一年十月二日自由時報・花編——

想當妳的英雄

電視螢幕播放著第八遍《蜘蛛人》第一集，陶比麥奎爾到處飛簷走壁，在一個下雨天拯救了剛下班的女主角。她一個人穿著低胸上衣在暗巷被一群小混混圍堵，紅藍交織的蜘蛛人手腕一扭噴出黏絲一個個將壞人拋上天去，全黏在一張巨大蛛網上。

妳崇拜的目光直鎖那一幕——倒掉的蜘蛛人戴著面具只露出雙唇，懸吊空中和她深深的一吻。妳總將畫面停留在這一刻，手拿啤酒沾著喝，就這樣靜靜斜靠在沙發上發呆，同樣也只穿著小可愛加一件粉紅色三角內褲，四下無人。

除了我。神出鬼沒的蹤跡妳似乎未曾察覺，每晚看著妳入睡，練習著陶比麥奎爾的身手屏息貼壁，就這樣一直陪著妳也心甘情願。我願成為妳生命中的蜘蛛人，縱使我並不是蜘蛛，多麼希望有一天能夠為妳擊退身邊的混混，這樣的機會微乎其微，糾結在內心的情意讓我徹夜狂鳴。

「吵死了，又是壁虎？」女人說。

——二〇一一年九月十三日自由・花編——

秘訣

我許久沒回家了，在客廳與家人閒聊，母親便提到妹妹最近在國小發生的兩件事，一是連續四週都有發燒紀錄，幾乎要榮獲保健室內票選最不健康兒童，二則是獨得高年級組作文優等，由校長頒獎。

「有這事？」我將妹妹叫來問：「作文交出去之前，怎麼沒有先讓我看看，修飾一下？」

「有，那篇你有改過。」妹妹回答，我心想原來有經過潤飾了，難怪。妹妹繼續說：「不過有些句子太難太艱澀了，我又改回比較簡單一點的。」

啊，下筆時我已經考慮過了，應該不至於吧？我指責妹妹應該要去把詞句的意思弄懂搞清楚，而不是遷就自己現有的程度。

「最近常有同學來請教她。」母親忽然說。

「是嗎？她作文有出名到這個地步，還有同學求助？」我心想成績不是頂好的妹妹，用功兩個字完全碰不上邊，能夠教人嗎？

「不是的，」母親糾正：「有同學太羨慕她老是病假、無須上課，特來請教生病秘訣！」

——二〇一一年七月九日自由時報・花編——

油漆

我們「串出」大學某系所教授們之間的鬥爭，在這個圈子是出了名的激烈，以在研討會上互潑茶水為名。教授私底下的明爭暗鬥總是不經意浮上檯面，即使在客人面前也是依舊故我，毫不掩飾。

這天，我們幾個人被系主任叫去粉刷教室的牆壁。

「可是我們早上有紅樓夢研究的課程。」其中一位香港來的外籍生說。

「沒有關係，就花個半天幫忙一下。」

也許大家不該如此私自揣測，系主任對於紅學的老師有偏見，於是從課堂上的學生下手，支娜他們去做苦工。我了解系主任在這個失業的大環境之下，想讓我們培育新的一技之長，導致將來失業之際有別條路可鑽，繳了一筆學分費習得油漆專長，似乎值得。

我們選擇放棄（如果我們真的有所謂的選擇權）求知的權利，前往二十幾坪大小的空間，換上純白的衣服，在充斥油漆和松香水的氣味之下，展現專業的油漆研究生的威力，三個小時就解決了所有牆壁。

剛開始看到系主任換上油漆痕累累的運動套裝，心想他真是條漢子，打算一起動手幫忙粉刷，原來是我一廂情願，他這麼做只是為了要在精神上給我們加油打氣，一下子便不見蹤影，果真貴人事多。

系主任在行政上的風評一直不佳，總是讓大家完成他隨口提到的事物，比較誇張一點大概是半夜陪他去種草澆花，賞月看海吟詩之類的。有人傳言說與他離妻喪子有關，也有人說和他喜歡跟女學生暗通款曲的品行有關。

油漆畢，我領了便當便離開。也許他想要在任期結束之前，完成更多可標榜功績的事業，重新整理研究室、花園，把系上所有的髒亂通通清除乾淨（縱使大家看來明明是一塵不染），他堅持要做，犧牲我們的「小我」，完成他的「大我」。也許他要油漆的不是外在的牆壁，而是內心那道不為人知的寂寞之牆。

——二〇一〇年十二月一七日自由時報・花編——

男人說，女人也說

「如果妳能夠無怨無悔的滿足我生理上的需求，而不論我愛妳與否，那麼我便會死心蹋地的對妳好，把我的靈魂交出去。」男人這樣對女人說。

「如果你能夠放棄生理上的需求，而只對我一心一意，那麼我便會滿足你所想要的一切，我將願意付出所有。」女人這樣對男人說。

交往期間，他們總是希望對方就是那個奮不顧身愛自己的人，期望愛情能夠達到性別差異上的最終邊際，卻又都無法承諾彼此的要求，兩個人總是只給予對方一半的期望與幻想，不過到最後，他們還是步上了婚姻的禮堂。

——二〇一〇年十一月二十六日自由時報・花編——

失戀的時候

日子像變形的輪胎無法翻滾，又像洩了氣還在找打氣桶的昨日尚存。

如果一早扭開水龍頭就可以找到快樂，刷牙便是健康的事，反之則乾脆在床上賴到天荒地老，以為夢境更真於現實，浴室的鏡子裡也許找不到明天。

令人窒息的夏天讓人走不出去，中暑的季節一如失戀後的波濤洶湧，一而再再而三從生命的海岸線退去又來，來了又退，如果哭是笑而笑是哭，很多情緒便不需要解決。

無法動彈的視窗像倒帶，回憶的淚一如良藥咕嚕咕嚕吞下肚以後，以為苦了口鐵了心便可醫治失眠的症狀。

下午茶之後的狼狗時光，美麗又短暫的讓人驚嘆又害怕，寄出的思念上貼了一張心型郵票，最令人不知所措的是每一天的夜光，還是會悄悄爬上被寂寞佔用了太多空間的那張雙人床。

——二〇一〇年六月二十六日自由時報・花編——

壞情緒

幾萬隻蝴蝶，灑著各色的粉末，在天空中綻放金、紫、藍、黃、靛的這般色彩，圍繞著我，用一種美麗的窒息感將我狠狠包圍。太多的蝴蝶，成群結伴地騷擾已是蒼蠅的工作了，無法適可而止的天氣，也開始下起惆悵的細雨。

如果藝術是一種救贖，用文字建立氧氣筒，暫時闔上眼睛，假裝沒有呼吸，靜靜變成一本隨風起舞的書頁，飄呀飄的，不小心飛上白雲裡，並開始囈語。

噓，小聲的說，會不會消失掉？

把週遭的時間揑碎，讓空間跟著不安的情緒悄悄揉進垃圾桶，並溫柔點一根菸，盡情燃燒整片大地，幫肺部打一針鎮定劑，隨後也燒盡整桶不乾淨的情緒。

聽，火，還在熊熊狂烈著，不安靜。

——二〇〇九年五月十七日自由時報・花編——

道德，一共三百元

說真的，道德真的可以用金錢來衡量。

我們學校宿舍的冷氣，是用「冷氣卡」來扣錢使用，插入後螢幕會顯示三百塊錢餘額，隨著冷氣排放，數字會倒扣，宿舍的溫度將會達到令人寒冷的程度。

額度倒扣開始，一點一滴隨著電力消耗而流逝，使用者付費，這是很正常的公平交易。但是本校學生，似乎不滿支付那龐大的三百塊金額（我估計可以吹一百小時左右），不擇手段地想盡各種破壞行動去抵制價格，達到免費的地步。比方說有人用磁鐵的磁力破壞系統，讓它停止倒扣；有人直接拆開讀卡機器，修改內部計費方式；更有人直接剪斷電源線，難道不知道期末宿舍清空時，會被發現並且賠償記過？

前陣子的新聞，有位女會計捲款公司一千多萬逃到大陸，其因不滿公司薪水太低，壓制不住衡量內心道德的額度，決心報復社會體制的貧富不均、公司對勞工的剝削壓榨。最後她還是被抓回台灣了，潛逃失敗。

我在想，大學教育已經淪落到這種地步，連基本的道德良知也喪失無存？我們學校還是國立的大學，學生的道德居然不值那區區三百塊錢。我看宣導校園減碳運動，還是要先從學生心底的道德認知開始清除改良，否則真不知道下一個捲款逃亡的人，會不會是本校的學生呢？

——二〇〇八月七月二十五日自由時報・花編——

晴雨向日葵

我擎著巨大橘色向日葵，在秋末的太陽底下散步。

太陽在東，向日葵就朝東，太陽在西，向日葵就往西。

走著走著，和煦的陽光漸漸衰退，烏雲像塊未扭乾的抹布，滴下了小雨。

向日葵笑了，如果沒有雨水的滋潤，它無法生存。

它挺起身子，替我遮蔽了所以的雨水，雨下得很客氣，雲飄得很甜蜜，讓我和向日葵在雨中成了一幅美麗的景。

雲漸漸稀疏，而雨代替雲開始細細飄著，飄著飄著，彩虹像是用噴漆慢慢噴上，緩緩浮出朦朧七彩。

我也笑了，不虧是我的橘色小洋傘，替我遮陽擋雨。

感謝這場雨，讓乾旱的大地得以滋潤，也讓手中的向日葵表現它晴雨皆宜的個性。

——二〇〇六年十二月一日自由時報・花編——

跳樓哲學

今天心情不是特別差，也沒有特別厭世，但是忽然很想知道跳樓前的一秒大家都在想些什麼，於是踏著沒什麼情緒的腳步上了六樓天台。

我想今天的我，一定特別無聊。

秋天的頂樓，眼角發現放置在一隅的洗衣機木訥地站著，裡頭的衣服還沒有晾曬，我想了想，都要死了的一個人，還有時間去管尚未完成的事情嗎？於是我兀自走到這棟建築的邊緣，一個翻身，兩腳懸空擺盪坐著。放眼看，由於只是普通的住宅區，也沒什麼特別的景色，相當黑白的社區，算是城市的邊緣，而我就坐在人生的邊緣。

然後呢？我又沒有真的要跳樓，要醞釀特別的情緒嗎？我向四周俯瞰，讓全身細胞感受這世界最後一絲感官，閉上眼，用力深深吸一口氣，然後緩緩吐出，冷靜看看週遭的變化——下午三點，上班的上班、上課的上課，街上根本就沒什麼在移動中的物體，只有秋風掃過空蕩蕩的街道。秋天的下午果然是憂鬱的時間，整個世界彷彿泛出微紅微黃的背景色，薰風拂過臉龐，好憂鬱。

今天的我果然是個無聊到極點的人。

好了，該是思考大家跳下去的一秒前都在想些什麼。看著下面縮小數倍的車子，街道好像變成了大富翁紙上遊戲，跳下去，我會不會變成一枚棋子，繼續進行著另一場遊戲？還是說，當場變成濺向四方的肉塊？來得及感覺痛嗎？

「所有的問號，要跳下去才知道。」

我忽然通了電，像是中了邪似地往後彈，眼睛瞪得老大，呼吸急促，然後再往後爬離幾步，盡量離邊緣遠一點，我倏然發現，決定跳跟不跳，只在一念之間，真的只有短短一個念頭之間的距離，我怕等一下閃過的念頭是，往下跳看看。

人生中許多事情，好像都在短短地一秒間決定，就像我現在會在這裡的緣故。沒想到一個念頭之間的力量是那麼的強大，強大到有股吸引力讓人無法抗拒、讓人沒有時間思考、甚至可能讓人發生巨變，還有，讓人無法回頭。揩揩身上的灰塵，然後將衣服一一晾好，走下樓，非常慶幸自己還活在這個世界上，繼續決定下一個念頭。

——二〇〇六年十一月十日自由時報・花編——

奶茶物語

充滿冷氣的超商裡，一瓶玻璃罐牛奶和鋁箔包紅茶被擺放在一起。

「你知道嗎？網路上流傳我們公司的牛奶加上你們公司生產的紅茶以2比1下去調製奶茶，是世界上味道最好喝的奶茶，要不要考慮兩個公司合作？」

「要合作？那哪一家公司的老闆當總老闆？賺到的錢怎麼分配？我們公司應該不會想跟你們分這塊市場的大餅，就各憑本事吧。」

「這樣呀？反正大家都是如此想說我自己辛辛苦苦賺到的錢，幹麻跟別的公司合股？本老闆要自己賺大錢啦。」

「說的對，要兩公司良性合併是相當罕見的案例，所以我們還是乖乖的在這裡等客戶光顧就好。」

不久後，這兩家公司就因為經營不善都宣布倒閉了。

——二〇〇六月九月八日自由時報・花編——

外貌協會

校園裡，一個長相不佳的男同學邂逅了一位非常美麗的女同學。

這天他們偶然在校園的一隅巧遇，男同學鼓起勇氣，決定向美麗的女同學表明自己的愛慕之情，結果美麗的女同學拒絕了他。

醜男心感憤恨不平的說：「你為什麼只看我的長相來評論我一個人？」

美女也很生氣的說：「你也是看我的外表來決定告白的吧？」

男同學：「……」

——二〇〇六年六月一七日自由時報・花編——

調度員

臨海二路的貨件還沒送出。

在電子地圖的畫面上，一封小小的郵件，代表著一個貨件，不同貨態有著不同的顏色，黃色代表尚未派遣，綠色代表已派，黑色代表異常，紅色代表嚴重延遲。臨海二路的信封符號現在就是紅色。

靠西子灣的鼓山區，沒什麼騎士在附近逗留，這一區店家的密集度不高，貨件量小，吸引不了固定的騎士徘徊，如果案件又是要送進中山大學，那就是個迷宮活。雖然地址是蓮海路七十號，但從行政大門口到最深、最裡頭的文學院，也要兩公里之遠，更不用說校內禁行機車，分門別類的各學院又讓人眼花撩亂，想找一個處室都很難。

得從苓雅區拉一個騎士過去才行。

我從定位系統上找到了最接近的騎士老餅，但我很快就忽略了他，他會挑單子跑，要拉四公里去取件，依老餅計較的個性他一定會嫌。

我看到了鯨兒，她是我最信賴的騎士，前幾天一單七十二杯的飲料，才想問她要不要支援，就說已經送完了，連店家就嚇了一跳，一個女生一趟就結束，沒分兩趟送。

當下沒疑慮，就派給了她。

使命必達就是鯨兒給我的感覺，沒有什麼可以難得倒她。她曾經一個小時送掉八、九件的任務，速度極快，再多的東西都裝得下，又熟路，對任何艱困的任務無二話。各方面都是極優秀的鯨兒。

調度這件事，讓我覺得很像是石器時代，人類剛懂得用火，住在古老的洞穴，幾千年來都沒有任何文明的進程。用石頭製造的武器，完全比不上現在的鋼鐵槍炮。電腦調度系統如果完善，就不需要人工了，我就能好好專注的招募騎士，讓有就業需求、有跑件需求的民眾，可以用APP接件。

在貨件密集度極高、騎士密集度也極高的情況下，電腦智能派件才能得以成立。以現發展階段，還是只能一件一件的人工調度，但這件事情也並不無聊就是了，同時讓每位騎士在最短的時間送出最多的物件，是一種高深的解謎藝術。這世上一定存在最完美的路線。

但路線這個概念，是一個人要同時處理很多物件，才會有所謂的「路線」，也就是要從A到B，再從B到C，就叫做路線。如果今天是十個物件，十個人送，那就沒有路線問題了，一個人送一件，解決了事，沒毛病。

所以騎士密集度不足的時候，才需要路線，但造成騎士不足的原因，通常是物件密度不足，沒有物件，就沒有錢、沒有收入，也就不會有騎士，所以就需要按時招募騎士。騎士的居住地如果就在物件的旁邊，騎士前往「取件的成本」就會降低，出勤的意願就會提高，時效高，服務品質就會好。

在物件密度、騎士密度都低的情況下，「路線」就會一直存在著。我對路線，其實並沒有每天在外面跑的騎士來得精明，有時候騎士看到地址，就會回報回來說，這是市政府，這是凱旋醫院，那是地方法院，那是財稅大樓，諸如此類。調度上手一年半載後，我也能見地址如見地標，但還是與騎士天壤之別。

路線對鯨兒而言，就像她每天呼吸一樣的自然孰悉，高雄的街道巷弄，就像她的血管一樣，氧氣在體內暢行無阻。什麼路線，鯨兒只要看到所有物件的配送地址，就能自動排列出最好的路線。最完美的路線，鯨兒自己最清楚不過了。所謂路線，自己就會成一條線，鯨兒大概是這麼想的吧。在鯨兒身上並不存在路線的問題。

要解決路線問題，只能不斷的招募騎士，來站所開通騎士帳號的民眾很多，實際會跑件的民眾則少，每一個有跑件的騎士，我或多或少都有些印象，女兒讀雄女考上高醫準備要畢業的鳳姐、喜歡吹牛皮和內勤拉關係的老千哥、每一次出動都一定會被客訴的唐先生、常常私接店家店內訂單的雞哥、在醫院從事護理工作的小欣、很英俊也很會跑又很會介紹店家的坦克哥、自己開早餐店兼烘焙坊把跑件當興趣的健哥夫妻、後來一起跳到其他美食平台的阿啾和強哥……

小Ma也曾經在這裡跑過一陣子，一個有點胖胖的女生，一開始繳交資料的時候，身分證上的配偶欄是空白的，卻有個不滿一歲的小嬰孩，目前都由小Ma的媽媽照顧。總讓人聯想到一隻母貓外出尋找食物的畫面。因為小Ma胖胖的，直到有一天她說她暫時不會在這裡服務，「我要去生第二個小肉圓！」完全看不出來懷孕了，生父不詳，真是個不易想像的、某種艱困日子的生活方式。亦或這只是我自以為是的想像貧窮。

成為騎士的門檻並不高，這是個賺快錢的缺，備妥基本資料與良民證，有一台自己的機車，即可申請。每天自由上線，只要帳號一直在，倒是個過渡時期的缺，不用再經過面試，想接件就接件，完全的承攬制。

疫情期間，雖然許多店家轉向線上經營，使用電子支付和外送的民眾也變多了，但加入的騎士也不少，國外旅遊線全停擺，旅遊業的員工就特別多，來申請一個騎士帳號，做一個過渡期。

後來我自己也辦了一個帳號，一方面是興趣，也順便增加自己的調度視野。

視野是很抽象的概念，平常在電子地圖看到的街道巷弄，如今成了可見的條條馬路、紅綠燈、高樓大廈。需要把東西裝好，需要用力氣去扛東西，需要等電梯上樓，再等電梯下樓，每一環節如實境般具體，不再是電子地圖點到點之間的移動。

每天都有物件等著有人去取、去移動、去完成。每一個物件，都代表著世界上一個必要的時空移動，也許是一份禮物，一份餐點，一份心意。點到點之間的移動，時空的問題一直等待著被解決，這是物流的起源。

小說《三體》裡，最後光速飛船靠著曲率驅動引擎終於被完成，把時空問題放在宇宙裡，顯得多麼渺小無助。未來有一天，所有的移動將全自動化、達到最高效率，無人駕駛會將物流的成本推向最邊際值，調度員只需要看著螢幕儀表，找出配送異常的物件，安排人工排除，秩序如常。

夜色異常的安詳，我將物品放在大樓的管理室，請管理員蓋簽收章，ＡＰＰ按送達。我感覺到自己也像個小小的信封，來到這個宇宙，降生在這個地球，歐亞大陸上的一個小小的島嶼。短短的一生，應該移動到哪裡呢？像我們這樣的靈體在地球上，也許一百年對宇宙而言，也只是小小的一瞬。在我們消亡以後，會抵達另一個終點，或是起點嗎？

短暫的一生，卻總是顯得如此漫長，我們在孤獨的路上，無邊無際的走，沒有遇上任何人，一個也沒有遇上，就錯過了。有些人曾和我們眼神交會、點頭示意，但終究擦肩而過。我們是孤獨的物品，沒有任何一個人來提領，就靜靜的躺在這裡，封存在一個小小的空間，一百年如一瞬。時間的長或短，是可度量的嗎？一個寂寞闃靜的夜晚，卻是猶如千年般難熬，虛度與等待的肉身，不是寄放在這裡，而是被遺棄的，無人提領。

買了一手啤酒，用美食平台訂了一些烤肉，恰好是鯨兒送來的，於是在樓下和她小聊了一下。她要離開高雄，和女朋友一起搬到台南去生活了。並不陌生，女朋友是台南人。

「真是太好了。」

「是啊。」鯨兒說。

在這裡沒有鯨兒不知道的路，三民區、左營區、新興區、苓雅區、前金區，鯨兒是不用看導航的。也許去了台南，她會需要一些時間熟悉路況，畢竟和每天奔跑的城市不同。

「你一個人喝酒啊？」鯨兒問。

「是啊。」

「心情不好？」

「還好，沒有好或不好。」

鯨兒說，不管心情好或不好，只要半夜在路上跑著跑著，心情就很容易沉澱下來，她建議我試試看。我覺得是個不錯的提議。

鯨兒離開以後，我把啤酒和烤肉先放在客廳，拎著安全帽，拿走桌面上的鑰匙，也許去跑一跑或許不錯。畢竟我也是一個被調度著的人生。

站在門口許久，我在想，那我的方向呢?方向在哪裡呢?

想了很久，終於決定還是不要出門，啤酒、烤肉，結束了這一天。

二〇二〇年打狗鳳邑文學獎散文佳作

眼光

在這個孤獨的空間
時間是多餘的
沒有光線，沒有清晰的視覺
有氧氣，但不像可以自由呼吸
用來測量人生長度的，時間之尺嗎
仍一直失去它的作用
沒有秒數，是因為數了無數次的秒數
秒數便不再具有意義

我明明不是自己一個人
但此刻顯得如此孤獨
像延伸到宇宙盡頭的空間
即使擠滿了人群

我還是找不到該有的位子
數不出該有的秒數

而顏色，沒有光線
辨識不了真正的顏色
人們說我的眼光有問題
分辨不了鮮豔深淺，分辨不了黑白
我不確定怎麼了
但這個空間沒有光線
我數了很久
數到整個宇宙漸漸安靜下來
漸漸只剩下我一個人
能夠真正聽見
我自己所發出來的聲音
這個聲音同時具備光線、氣味與
我能夠確切數到的秒數

我確定自己所感知到的
沒有任何問題
沒有。

也許終究我會遇到一個人
拍拍我的背
說我的眼光沒有任何問題
這個世界的光譜，也沒有問題

二〇二二年第七屆華人瀚邦文學獎新詩二獎

悲慟離我們很遠很遠了

回憶黑得很細、白得很遠
我們都只是無辜的
攝影者和被攝影者

牆上展示著一幅幅
他人的悲慟。故事
自一張張相片
靜出張力而時間
洩洪而出

（——日本人用武士刀刺進講者的心臟再抽出。

——被火山泥漿凝固的小女孩，在眾人眼前
活了六十小時後死去。
——十五歲男孩在巷口用槍挾持比自己小的孩子。
——南亞海嘯把城鎮都淹沒了，屋頂成翻覆的船脊。
——四名美國士兵用國旗佔領了硫磺島，
只有一名在三天後存活了下來。
——男子爬經小女孩屍體，從倒塌的房舍爬出來。）

有人坐在館內休息，嫌冷氣溫度過低
有人站擠得雙腳痲了、肚子餓了
有人對看過太多次的飢童照感到厭煩
有人接起電話笑了兩聲，約好了午茶時間

有人不斷對灰塵過敏，頭疼著找普拿疼吞

有人躲過禁止攝影的檢查，把美術館內的人們偷拍起來
有人對著照片發楞，覺得自己和攝影師是同一個人

活著的人類，將悲慟
裱框起來，往未來前行
並證明昨天的自己
確實活過

二〇一四年第二屆華人瀚邦文學獎新詩佳作

保存期限

我以為還很久很久
但你說，我們來自不同的星球
時空的度量衡不一樣

「所以是我的，還是你的，走得比較快？」

「那得要看，你怎麼看待
保存期限這件事情
有時候，明明沒壞
但錯過就不美味了」

二〇一五年・飲冰室茶集・五四為愛發聲・佳作

我們曾經慕谷慕魚過

這裡美麗得很遙遠。
涉水的腳會讓溪流滑出樂音
小石粒大石塊的樂音、青草的樂音、
蜘蛛葉與葉間織網的樂音
耳際都無法錯過。

雲像緩慢的龜群在山間互逐
小魚群親吻浸泡溪水的腳趾
有青蛙，有褐蛙，有灰蛙
那滑過石壁的蛇想必愉悅
這裡是屬於牠的天堂

我們不屬於這裡，只來躲避
不屬於世上任何一處的寂寥——
人群、夢境、都市或是體制
我們有天都是要離開的人。
我們不屬於這裡。

離開那裡，到這裡，是一種經過；
離開這裡，回那裡，也是一種經過
我們擁有很多經過，後來，也都忘了
忘了是擁有過還是經過——自回憶裡
像一條時常往返的列車，隧道好黑好遠

花蓮文學獎新詩佳作

夜晚的城堡

曾有人以為我瘋了，我並不引以為然，只不過是我在做的事情，比較少人理解。

更標準的說法應該是，有人在乎嗎？

更多人表示，根本看不到我所謂的城堡，那只是我在夢裡看見的幻影、在夢醒時分所說的囈語。

或許這些眼光，其實並不存在，只是被我想像出來的而已，只是我分不出來罷了。

我真的找到了一個非常適合蓋城堡的地方，不容易被人發現，也不會被打擾，是個絕佳的好位子。入口並不難找，但不知道為什麼，卻很少人發現它，也許大家只是對於日常，習慣視而不見。

我知道當我走進黑夜深處時，我就會看見它，入口會自然而然的出現，彷彿它是有生命似的，可以感知到我的存在，甚至理解我的意念。入口不一定是在我需要的時候出現，但當我自身狀態達到某種意境時，我可以感覺到入口漸漸出現在我的視野，我甚至以為那是從我體內深處的縫裡跑出來的。

我日復一日的工作上班，有著一般人的煩惱，想著今年的年薪收入，並規劃著明年的年薪收入，買得起什麼樣的車子，可以遇到什麼樣的伴侶，彷彿有一些東西是命定的。

我一直希望很多東西、很多事情，不要那麼命定。命定一詞，與其說是無趣，更不如說是致命；不能改變的命定，危險又可怕。

我並不討厭工作，甚至是很能享受的，對我而言，工作倒不是以賺錢為第一目標，而是透過精神勞動或體力勞動，讓生命不至於太過無聊。所以我挑的工作也一定是游刃有餘的。如果可以，對蓋城堡這件事情有幫助的話，那就更好不過了。

工作以外的時間，如果狀態不錯，我就會進入入口，到理想的地方蓋起我的城堡。這個理想地方，姑且稱它做「夜晚」好了，每次我進到這裡，天色幾乎都是黑的，偶爾才會遇到幾次白晝。

與其說夜晚是個適合蓋城堡的「時間」，不如說是非常適合蓋城堡的「地方」，夜晚對我來說就是個寧靜無涯的空間，每次到這裡，我會把原本世界一切的規則給忽略忘記，忘紀時間、忘記世俗，有時候也會忘記自己的年齡與性別。夜晚可說是個擁有神秘魔法的空間。

雖然說要蓋城堡，但其實目前沒有任何和城堡有關的影子，甚至城堡的模樣也未必是眾人所認知的「城堡模樣」，也許蓋出來會像一棵西元兩千四百年的一棟植物建築大樹也不一定。我想像未來的房子，應該都是懸掛在擎天樹幹上一顆顆纍纍的果實狀，且科技感十足。

我知道我一定能夠把城堡蓋出來的，只是模樣目前尚未明朗。

城堡怎麼蓋、用什麼材料，似乎並不是在「夜晚」裡真正重要的事情，而城堡的用途，雖然有很多種可能性，但最大的用途，應該和現實世界一樣，是用來居住的。所以如何讓城堡適合居住，應該是把它蓋起來最大的目的。

居住目的，其實也只是我的猜測。

建築物有很多的名稱，公寓、大樓、平房、宅邸、透天、別墅、莊園，是用來住的；其他別稱則都象徵著不同的用途，工廠、百貨、超商、銀行、公司、辦公室、停車場，則是商業場所；還有公園、博物館、醫院、學校、火車站、捷運站、機場，都是重要的城市建築。

城堡算是很稀有的建築，起源於九世紀至十世紀的歐洲，並不純粹用來居住，而是具備武裝與防禦的巨大建築，也是重要的行政中心，可以控制當地居民重要的交通樞紐。擁有財富、權力與武力的貴族，就是城堡的主人。城堡是西方用詞，東方應該比較接近是皇宮，皇上住的宮殿，佔地較遼闊，所居住的仕紳貴族也較多。

現在城堡的概念，就只是豪華的居住場所而已了，在太平盛世裡，仗是不需要打的。

我想要蓋的城堡，真的需要居住功能嗎？我心裡的答案是否定的，城堡就只是城堡，它的存在是獨一無二的，所有世俗賦予給它的功能性，都是沒有必要的。所以它的型態、它的材料與它的設計，都不用為居住而考慮。

至少一開始我是這麼想的，直到Ghost姐出現。

一日一如往常，我進入到夜晚，這時的城堡，其實已經蓋了好一段時間（以人類時間換算應該有將近十年之久，但我感覺就只是輕輕一瞬，甚至我懷疑時間從來沒有移動過）。城堡的型態，確實像個豪華的歐風建築，但大概只蓋出了一個基本型態，樣子讓看到的人第一眼就可以聯想到「城堡」的模樣，目前仍朝著一般大眾的既定印象完成，但什麼時候會突然風格變異，就不得而知了。

這天我思索著城堡的門和窗的事情，城堡的門大多是拱形，左右兩扇推門，或木製，或石造，兩只門環，沉重的門會讓城堡看起來更加莊重，且不可隨意侵犯。而窗也是拱形居多，中古時期石造城堡的窗即是窗，看起來像厚重石壁被鏤空出來的窗格，並沒有任何遮蔽與防護，如一不小心跌出窗外，非死即傷。

但門與窗，最一開始的功用，就是讓人出入（或阻擋出入）、讓建築通風採光，也具美觀用途，但如果不考慮居住功能，那麼門和窗之於城堡，就可以是非必要的。當然如果少了門或窗，也許城堡就不會呼吸了。我思索著也許門和窗只是形式，城堡如果安上了一個出入口，裡外能夠相同，至少能保持著城堡「活著的感覺」。

如果一座城堡是不能夠進入的，那麼它還算是活著的嗎？

正當我還在思考這個問題的時候，就聽見了一個女性的聲音，從城堡裡面傳來。

「門是什麼？」

我起初吃了一驚，在夜晚裡，從來沒有過除了我以外的形體或聲音出現，我開始推敲找尋那個聲音的來源，就看到有一個形體，從城堡牆壁延展出來，是一個淺桃色薄衫女子的上半身，透牆而出，下半身還留在牆後。驚訝之餘，我猜大概還是有腳的吧。

「你在想門的事情嗎？」女子又說。

「是。」我回答。

「我不需要門的。」只見那女子從牆內走穿出來，又走穿回去，對我發出淘氣的笑聲，彷彿在她的世界裡，這樣的一切都是正常的，而我只是大驚小怪。

「妳是鬼嗎？」在我還沒有理解她是什麼存在以前，只能想到鬼這個狀態來形容她。

「你可以叫我姐，在你的語言系統裡，但是的但，人字旁改成女字旁。」她說：「我從你心裡讀出來的名字，因為你覺得我就叫做姐。」

我還在試圖理解她所說的這些時，她又接續著說：「雖然我不是你所想像的鬼的狀態，但如果這樣你可以更輕易的理解我，那麼就稱我Ghost姐吧。」

於是她就有了名字，Ghost姐。

我們依舊回到門的問題。

「如果以我的型態，那麼門就並不是非存在不可的，甚至可以說，門變得很多餘，也很不必要，因為在我的世界裡，從來就不需要門。」Ghost姐說。

確實，門一開始就是給人用的。

「窗也是一樣的。」Ghost姐補充。

所以城堡確實可以不需要門與窗，我之所以會有所猶豫，是因為身為人的我，還是想要幫城堡安上這些我既定印象裡，非裝潢不可的東西。

Ghost姐的出現，改變了我對於這個世界最一開始的想像與認識。我發現我從來沒有這樣想過這些如常的問題，並非非如此不可的。

但Ghost姐又為什麼出現呢？

「因為我才是這個城堡的主人啊。」她坐在城堡的最高處對我說，我遠遠看她如豆一般小，聲音卻彷若在我耳邊。夜晚這個空間確實是變異的。

雖然城堡現在看起來有模有樣，已經是個人類中想像出來的完整型態，但對於我所要進行的建築，卻只完成了百分之百分之十五左右而已。也許這輩子可能就只能蓋到百分之十五也說不定。

「妳怎麼知道妳是城堡的主人？」我問。

「因為你一開始要蓋城堡，就是要給我住的啊。」

啊？連我自己都不知道蓋城堡的目的性，卻由一個鬼一般存在的謎樣女子（也許她也不是女性，女性只是我對她的預設與想像而已）告訴我，我蓋城堡的理由是因為要給她住。

「只是你現在還不知道而已。」Ghost姐補充說。

「現在？妳知道未來的事情嗎？」我問。

「不知道。」

「那妳怎麼說我現在不知道？」

Ghost姐飄在空中倒吊著，眼神卻很認真的看著我，字斟句酌的說：「因為在你的理解裡，過去、現在與未來，是三個不同的時間段關係，且還有前後順序之分，但是真正的時間，是一體成形的，有一些事情，是未來影響了現在，而有一些是命定的。」

我越聽越糊塗，還沒有發生的未來，怎麼會影響現在呢？

「有可能啊，如果你預知未來，那就有可能決定了現在的想法或做法，就會一直照著心裡的方向前進。」Ghost姐斬釘截鐵的說。

「可是人沒有辦法預知未來啊。」我質疑她，即使她一臉毫不在意。

「這有兩個情況。」Ghost姐很想要讓我清楚了解她的邏輯似的：「一是你真的預知了未來，且你確信此事，但這個現象在宇宙裡非常不常發生，因為人天性是多疑的。」

「另外一個情況，是你覺得，你自己預知了未來，且為此深信不已，那麼也會改變了你的命運。」Ghost姐說。

「我覺得。」我陷入了深思。我覺得？

不過Ghost姐並不放過讓我深思，她知道如何快速讓我知曉這個概念：「假如你會知道城堡最後蓋出來的樣子，或者我告訴你城堡最後蓋出來的樣子，你覺得，你現在還會繼續蓋城堡嗎？」

我能知道嗎？如果我知道好了。

「就算我知道，我也不會相信，只要我不相信，我就會蓋出另外一個完全不一樣的城堡。」

我斬釘截鐵的說。

Ghost姐呵呵的笑了兩聲：「其實我不知道你會蓋出什麼樣的城堡，我跟你鬧著玩的。不過，你的城堡是給我住的，這一點無庸置疑，我也是因為這個理由而存在。」

「為了住進我所蓋的城堡，才會有Ghost姐嗎？」

「目前看來是的，我感覺。」

「妳感覺？」

「嗯，我感覺。」

Ghost姐的出現與存在，是為了住進我所蓋的城堡。我在心底反覆確認這一點。

「不過，如果你最後沒有完成城堡的話，那我就沒有容身之處，也會因此而消失唷。」Ghost姐說，但沒有憂傷的感覺。

「所以我必須好好把城堡蓋好。」

「你會的，因為你有一部分的自己，也是為了要蓋好城堡而存在的唷。」

◎

夜晚幾乎都是夜晚，是個相當適合蓋城堡的「地方」，我仍在有空且狀態好的時候，穿過入口，來到夜晚，繼續蓋著腦海中大概知道但仍不確定的城堡本體。

有時候城堡蓋久了，都會差點忘了要回到原來的世界繼續工作，但這是偶爾才會發生的事，畢竟我還是非常喜歡這個世界與現在的工作，工作讓我對這個世界充滿熱情。

蓋城堡這件事情，讓我之所以存在於這個世界，在自我解讀上有了全新的平衡，且更加富有彈性、游刃有餘，以至於蓋城堡變得不可或缺，之於我。

Ghost姐出現以後，我總覺得在夜晚的時間感變得很緩慢，蓋城堡的速度似乎也慢了下來。並不是我自身的速度變慢了，而是我對時間的存在變得敏感起來，這讓我感到焦慮。

夜晚這裡原本是會讓我忘卻時間流逝的地方，Ghost姐卻讓時間本身變得明顯、倉促，難道她賦予這裡的意義，就是代表時間之神對我的無情懲罰？以前我從未感覺到時間在前進，現在我不只感覺時間前進，而且前進得很緩慢。

不，不是時間前進緩慢，而是我希望時間加速。

我想立刻看到城堡蓋好的那一天。

明明蓋城堡如常，不，是比以前更快，一天比一天上手，城堡以無法預知的模樣漸漸成形。為什麼我著急於蓋城堡的進度呢？從前隨心所欲的蓋，也不會管怎麼蓋，或是蓋得快慢，現在著急感則越漸明顯。我想看見城堡的最終模樣。

我也查覺到夜晚的改變，夜晚入口出現的頻率變得較以前少。也有可能是時間焦慮的緣故，產生了這個錯覺，頻率其實從未改變過。畢竟蓋城堡這件事，我一直有著高要求的自律，這讓入口的出現幾乎很規律。我盡量影響著它的規律。

我想要待在夜晚的時間也變多了，我在想這裡的夜長日短有因此改變嗎？也許沒有，我對晝夜長短的辨識度越來越模糊，不一定是環境的問題，而是我內在認知的改變。

嚴重一點甚至，我想要讓自己待在夜晚這裡的時間變長，減少我在現實世界的時間。當然我不斷在戒斷自己這個想法，所謂的自律，是不多也不少，是節制，我必須要維持世界與夜晚這兩個裡外世界的平衡才行。現實世界需要我回去的。

這一切的變化，都是因為Ghost姐的出現。

「你會因此感到困擾嗎？」

「會啊。」

Ghost姐穿梭在城堡的拱型大門，後來還是打造了門，也有門環，也有窗台。城堡這個概念，如果不是按照眾人所知的想像去建造的話，還能夠稱作城堡嗎？像一句偈語說的，見山還是山，見水還是水，人生總是兜了一圈，看似又回到原點，心境卻截然不同。

城堡設計了一個巨大的拱門，高十五公尺，寬八公尺，希望能讓巨人一族也能夠很輕鬆的通過。如果宇宙間有這樣的種族的話。

我嘗試著在和Ghost姐的談話中，找到夜晚改變的原因，這個時間感、空間感改變的原因。最一開始沒有Ghost姐的存在，因為她在了，這裡也因此改變了。雖然她極力強調，她的存在是為了城堡，而我的存在有一部分是為了蓋城堡。

也許是因為Ghost姐的出現，讓蓋城堡有了目的性，有了目標。只要把城堡蓋好，就會知道Ghost姐為什麼出現在這裡的原因，就會知道她存在的理由。這應該是我迫切想把城堡蓋好的原因。在Ghost姐尚未出現以前，夜晚還是夜晚，我還是我，城堡也尚未成形，一切未知，城堡並不因為什麼原因而存在，我也不為什麼原因而蓋。直到Ghost姐的出現。

我現在能改變這一點嗎？讓一切像從前那樣，不用在意Ghost姐，自己按照自己的步調，不用管城堡的樣貌與建設進度，只需我行我素的蓋起來。為什麼Ghost姐闖入這裡、為什麼主導我在夜晚的一切，為什麼非要受到她的影響和控制。這一切原本都可以不必發生。

時間是相對性的存在，趕一班快搭不上的車，每秒都迫切，抵達旅遊目的地後，又開始任意揮霍每一秒的悠閒。如果我能把自己心裡的目的性移除，時間就會回到原本的位子，任我揮霍。

蓋城堡的時間感雖然一直困擾著我，在調適好以後，也漸漸掌握住適合的步調與進度（當然最以前是沒有那麼明確的進度感），直到城堡發生了一件奇事。

在城堡大廳中央，長出了一棵樹。最一開始發現時，已長到小腿肚的高度，生長速度奇快，還以為是小灌木，再過沒幾天，樹幹漸趨成形，已到胸口的高度。

我問Ghost姐是怎麼回事，她也不知道。

又過了數月，小樹已長成大樹，又長成了巨樹，地板因巨樹盤根錯節而裂開，樹幹已粗得需要二十名壯漢才能圍住，枝幹則如靈動的觸手漸漸向外擴張，從城堡牆壁的石窗與孔縫鑽出。

按照巨樹這生長速度，如果某一天不停下來的話，把城堡撐破只是遲早的問題。

「祂應該要有個名字。」Ghost姐說。

巨樹仍不斷茁壯，城堡牆壁的縫隙因為枝幹穿出而逐漸斑駁，像一塊要被撐破的小餅乾，樹根裂出的地表也越來越龜裂。現在已經分不出巨樹是越長越快，還是已趨緩，感覺這兩件事情沒有區別，巨樹大概也沒有覺得自己長得快或慢，時間感究竟還是我們自己的。

「無盡。」Ghost姐斬釘截鐵的說，她坐在巨樹其中一支樹梢，決定了巨樹的名字。

我沒有異議，總覺得無盡就是它的名字。到底要長多大呢?不知道無盡什麼時候會停。

「究竟無盡為什麼會跑出來呢？」我百思不得其解。

「也許是原本就存在夜晚這裡的東西吧。」Ghost姐說。

「是指比夜晚還早到這裡的東西嗎？」

「也許更早，也許同時出現在這裡的，誰知道呢。」

我在夜晚這麼多年了，但一直沒有遇過無盡，或許我曾經遇過幾次無盡，但每一次都是不同形式的無盡，這一次則是以巨樹的型態出現，誰知道呢?

無盡如果長到最大的時候，不知道能不能佔據整個夜晚。

在不知不覺之間，無盡已經先把整個城堡給佔據了，以一種適切的攀爬，城堡成了無盡附屬的壁壘，分不清是無盡依附著城堡，還是城堡扶持住無盡。無盡與城堡，現在儼然看起來是一體的。

我在想無盡會不會影響蓋城堡的進度，現在這樣看起來，蓋城堡必須要將無盡也考慮進去，一舉一動都得如此。

不知道無盡會不會影響到Ghost姐的某些部份？

「這個嘛，如果城堡最後有成功完繕，無盡的存在會不會影響我住進城堡，已經變得不很確定了。」Ghost姐說。

「所以假設完成城堡，原本百分百會住進城堡的妳，現在也無法掌握了？」

「是原本的未來，讓我朝著某個方向發展，現在這個未來不確定了，我的存在也變得不確定了。」

我在想，無盡的出現，並沒有中斷，或是打擾我蓋城堡的進度，且讓我漸漸忘記時間的存在，我又重新掌握起原本的步調。也許無盡本身就具備度量時間的刻度，它不是具體丈量城堡的尺，而是測量時間的木靈。我只要照著這把木靈之尺繼續蓋下去，城堡就會逐漸成形。

現在的城堡，依著無盡的型態發展就不會錯了；更正確的說法是，已經不得不把無盡也考慮進去了，現在的無盡和城堡已經幾乎合為一體了，城堡是無盡的一部份，無盡也是城堡的一部份。

至於城堡最後完成後，Ghost姐是不是真的能住進去，也是個問題，我在意這件事情嗎？Ghost姐之於我的關係，說不上來，一個從城堡誕生的鬼魂體，告訴了我，我蓋城堡是因為要讓她住的，這是事實，但現在這個事實因為無盡的出現，而變得渾沌不確定。

「你在意我最後的存在嗎？」Ghost姐問。

「當然會在意啊。」

「為什麼在意？」

「因為妳原本就該住進城堡，但現在變得不確定了，這是讓人難過的事。」我老實說。

「你因此難過嗎？」

「如果最後失敗的話，當然會啊。」

Ghost姐穿梭在城堡中庭的無盡周圍，繞著無盡隨處亂飛，這裡像是她徜徉的大海，無盡是生命泉源世界樹。

對的，我相信無盡的本質並不是壞的，不會因為無盡的出現，就讓城堡完成的結局有所改變的。無盡應該是善的存在才是。

話雖如此，但無盡生長的速度還是快了些，城堡有些地方已漸漸傾圮，西面的城牆被無盡粗壯的枝幹給穿破了牆。城堡有些部分後來還特意鏤空，如果從高空遠遠望向城堡，無盡的樣貌清晰可見，甚至會有無盡才是城堡主體的感覺，城堡自身的部分越顯稀薄。

我問Ghost姐是不是還會一直待在這裡，她說無盡的存在對她現在沒有感覺到影響，只是增加了對於未來的不確定性。

「原本只有我和城堡，後來妳出現了，所以我想趕快把城堡蓋好，現在又多了無盡，夜晚這裡實在是太熱鬧了，少了從前的寧靜。」我說。

「這樣不好嗎？熱鬧。」

「有時候因為熱鬧，反而增加了孤寂感，無論是妳、城堡或是無盡，即使永遠住在夜晚這裡，但我仍然是我，並沒有因為生命裡多了誰，而感覺到熱鬧或豐富，只要認清這一點，孤寂感就不會改變，是鐵一般的事實。」

Ghost姐看起來若有所思，又坐在無盡的樹梢，雙腳踢啊踢的。她能夠明白我所說的嗎？

「我懂你說的孤寂感。」Ghost姐像一片輕柔的羽毛，輕輕依著無盡：「因為我就是因為你的孤寂感而存在，只要有一天，你的孤寂感徹底消失，我也應該不會是我了。」

Ghost姐不再是Ghost姐，那會是什麼樣子呢？她也會徹底消失嗎？

「不確定，但我應該不會是現在的自己。」Ghost姐一臉無所謂的樣子。

但一個人的孤寂感，是可以徹底消除的嗎？孤寂感該是會跟隨每個人一輩子，如影隨形的跟著才是。

蓋城堡會讓我減少孤寂感嗎？不，它讓我深刻體悟到孤寂感擁有很多的形狀、顏色與氣味，孤寂感並不是單一型態的，而會讓人有著豐富的感受，無論這個感受好與壞。

但也因為幾乎把孤寂感體會過一遍，反而理解了它的全貌，就漸漸習慣適應了，甚至自己也成為了孤寂感本身。

我因為蓋城堡這件事情，體會到也許一個人的一生，只要找到一件適合自己的事情，努力的把它完成，就夠了，無論孤寂與否。

「也許我就是這樣漸漸成形的。」Ghost姐說。

如果我之於Ghost姐是為了幫她完成城堡，那麼Ghost姐之於我呢？她的存在定然有她的理由，在夜晚這裡，沒有意義的東西是不會出現在這裡的。

原來她是因為孤寂感而產生的。

只要城堡蓋好了，Ghost姐就有地方可以住了，不用住在夜晚這裡。

無盡的生長並沒有趨緩，城堡顯得越來越岌岌可危，寧靜的夜晚，我常常覺得地面好像在震動不安，無盡的根正不斷持續擴張，樹幹與枝幹不斷加速茁壯。城堡如果要繼續完成，必須要用截然不同的邏輯或方式來建造，甚至要超出「城堡」這個概念本身才行。但這樣的城堡還會是城堡嗎？

對我來說，無盡最一開始是邪惡的，但到了最後，它也成為夜晚這裡最不可或缺的風景之一，成為城堡最具象徵的景致。無盡並不一定是摧毀城堡的存在，而是成就城堡成為另一種城堡的存在。無盡與城堡將會相依相存。

事實上，也許城堡在不知不覺之間，就已經蓋好了，它最後是什麼樣的形體，並不重要，而是它在我的心裡，是怎麼蓋的、是什麼樣子。有沒有蓋好城堡這件事情，最終還是要回到我有沒有把握好每一個建造的過程，城堡之所以為城堡，還是掌握在我這裡。

當我有這個概念的時候，無盡的生長似乎緩慢了下來，即使它仍逐漸取代了原來的城堡。我仍必須（或快或慢的）持續把這個城堡完成，如果沒有按無盡生長的速度與枝枒的方向持續努力，那城堡可能會隨時崩塌。又或者城堡就不再是城堡了。

「要繼續蓋嗎？」Ghost姐問。

「對啊，不然妳會消失。」

「消失了不好嗎。消失說不定你的孤寂感也會跟著消失。」

「我喜歡我的孤寂感，孤寂感也是一種珍貴的感受。」

「所以你願意和孤寂感共生。」

「目前感覺上是這樣。」

「那好吧，希望有一天你能找到我真正的名字。」

「真正的名字？」

「當然，我才不是叫Ghost姐呢。」

於是在與無盡共存、把城堡蓋好以外，我又多了一個目標，要找到Ghost姐，真正的名字了。

二〇二二年西灣文學獎小說佳作

客服員與飲者

進辦公室，等待電話接聽，或是回覆Line訊息，時常要讓自己保持為不沸騰的水。

處理客訴是我的工作，久而久之，會培養出一種客觀、制式的應答，是、是，能理解您的意思，確實有不周之處，我們為此深感抱歉，這件事情我們一定會積極處理、加以改善。

先同理對方、接納對方的意見和情緒，表示認同，最後承認與歸咎我方疏失（無論是否為真），加以道歉，通常可以平息客戶，得到不錯的結果。

處理得妥當，將客訴危機化為烏有，不帶多餘情緒、不留痕跡的完成任務，會滿意自己的睿智與專業；有時候遇到得理不饒人的奧客，非死纏爛打凹一些好處，並發洩情緒般的數落客服一頓，把自己放在比較高的位子，獲得某種滿足與優越，我就會為此吸入到情緒黑洞，整日不可自拔。

情緒在體內像一湖水一樣，如果生活在綠蔭森林，這湖水會映照日月、滋養大地；但如果生活在沙漠，雖是綠洲，卻容易因沙塵、烈曬而日漸枯竭；離職之意也會慢慢浮現於心。情緒終究是有限的資源。

客服這個能力，常常被看得很便宜，卻是一件不簡單的事，有時我會覺得自己做不來，因性格直率，常想和客戶「講理」，卻忽略了客戶要的是當下情緒的撫平與被接納，甚至是一個道歉。我常常和同事一起自我勉勵，說我們一定會是和人處得很來、很會照顧別人感受的，那種體貼的存在。當然也有可能上班把耐性用完了，下班就異常的爆炸。

剛出社會沒幾年，雖然領的是基本薪資，但我滿意於自己的工作現狀，覺得自己可以一直這樣下去；但如果客訴的狀況極壞，我會覺得自己像是幾億隻螞蟻裡的一隻，就算被踩死也微不足道、死不足惜。大家好像常常說這個叫做「社畜」、「奴性」，但我希望自己不要常這麼想。

但我真的是嗎？從普通大學畢業後，找了一份有收入的工作，沒有好、也沒有不好，一個人獨自居住過活，平凡的背景，無奇的日子，不起眼的樣貌，低調的人生。沒有任何人會留意到我這樣的存在，我所剩下的可能只有自己看似空蕩輕飄的靈魂，藏著隨時想要噴發的情感，與不確定有沒有價值的邏輯。

沒有特別的嗜好，沒有特別想要買的東西，對美味佳餚不會有特別的執著，對旅行沒有非如此不可的必要，含房租的每月基本開銷幾乎不會超過兩萬塊錢。我習慣於這樣的人生，並像一株陽光底下深感日曬愜意的向日葵。

為了不讓情緒勞動枯竭，白天我是個稱職的客服員，夜晚我是個散步的飲者，下了班好像只剩下喝酒這件事情能讓我稍感興趣。我一個人上班，一個人下班，一個人外出喝酒。二十二歲以前的我是滴酒不沾的（也許和有個酗酒的父親有關），沒想到自己後來也愛好小酌一道。

晚上我常常一個人在家旁的小街巷弄跑步，繞著社區、文武公園、仁武國小、仁武高中、殯儀館跑，有一陣子因為胖了幾公斤，每天固定跑五公里，後來瘦回來了，就只跑兩、三公里，甚至都只用走的。只要精神或情緒不佳，就一定是用走的，只要能讓自己運動起來，都很慶幸自己的積極。循環撥放著獨立樂團「吾橋有水」的歌曲，你是一朵驕傲的玫瑰、浮游人生、迷迷糊糊、跑、我願意我願意你知道嗎、少女變成了一隻甲蟲……

「她推開門衝下樓／本來還堅持用兩隻腳走路的她／在一次又一次的摔倒後／不得不用上所有的腳／她顧不得會不會被人看到／直奔與學長約定的轉角／還來不及告白／少女眼前突然一片空白／回過神／學長已經不見了／她背部的甲殼凹陷／奄奄一息的倒臥在路邊。」〈少女變成了一隻甲蟲〉歌詞口白的出自於卡夫卡〈變形記〉的創意，原著的男主人翁原本是家裡的經濟支柱，與父母、妹妹一起同住，有一天變成了甲蟲，最後成為家人不要的負累，鬱鬱而死。大意大概是這樣。

如果跑累了就休息。也許我也可以打一通電話，找到一個客服專員，來傾訴我的感受。是的，我今天很孤單，走在夜光裡，沒有一張影子是我認得出來的。

「沒關係，自己一個人也可以很好的唷，只要一直加油努力，有一天一定會不一樣的。」

跑完經常會走進附近的全聯買台灣啤酒。在全聯幾乎只買台啤，有人和我說台啤很難喝，太苦，但我覺得台啤的好喝，就在於它被覺得的難喝，其實苦得很有味道。通常會買一支長罐、一支短罐，比較好攜帶，拎著啤酒，繼續一邊喝、一邊散步，喝完了再走回來買。

「適量喝，不要喝到倒在路邊，沒有人會扛你回家的，好喝或不好喝，也許在酒醉的國度沒有分別，只要是能讓自己進入醉醺之意，就能夠把日常和夢境，做一次完美的靈魂分離。」

通常會再走個兩、三公里，有時候走到一個情緒，一點微醺，就會莫名哭了起來，那種感覺既悲傷、又舒服，哭泣這個情緒雖然揪心，但也讓我解放了連自己也沒有察覺的東西。就一邊走，有時候啜泣了幾下，又收拾好情緒繼續走，沒有停下腳步；比較劇烈的時候，才會蹲坐在路邊嚎啕大哭，但這個不常發生。

「還好嗎？自己一個人，走了很長一段路了對吧，悲傷也是一種很獨特的感覺，細細品味，如果眼淚要流，就輕輕讓它從眼角滑落；如果情不自禁的想要嚎啕大哭，就像噴嚏一樣的忍住，真的受不了、潰堤了，那就走到深夜的無人之處，放聲大哭。」

後來在超商發現一個臺虎系列的啤酒，酒精含量較高，口味也用了西瓜、柚子、烏龍薄荷、草莓、蔓越莓、鳳梨等幾種水果食材豐富搭配，雖然貴了一點，但比起餐酒館的調酒又便宜許多，也容易取得。特別是孤寂的夜晚，在家附近想要買點小醉，就很愜意，百分之九點九的濃度，一支五百CC啜飲下肚，很快就醉了，且有時候酒量不好，一支就可以讓我醉得很深。

「柯夢脫單」（SEX AND THE COSMOPOLITAN）味道特別好，主要是以蔓越莓加上檸檬汁調配，微酸把啤酒的苦做了調和，好像人生就是需要有像蔓越莓、檸檬汁這樣的酸甜存在，才會更顯好喝順口。

「一邊喝，一直走，隨時可以回到住的地方睡覺，這是一個人獨飲的好處，無拘無束，想停止就停止；你不需要任何人和你對話的，對吧？即便是我，也只是你心底的一個聲音而已。你不需要和誰通話，手機裡沒有任何一條訊息，是和自己有關係的，沒有一則留言，是對你述說什麼的。希望你這輩子永遠別介意這樣的情況周而復始的一再再發生；沒有人在等你，只有你自己。」

看著每天走的路線、同樣的街景，我經常抬頭看今天的月亮是圓是缺，有著什麼樣的顏色光影。清澄的月光讓我的寂寥感更加透明，沒有好、也沒有不好的寂寥感，彷若影子要跟隨自己一輩子。特別是微醺的時候，思緒像幾萬條惆悵的蛇，在體內的洞縫裡穿梭爬行。月光無論是昏黃或是黑暗，唯一不變的是靈魂被上了漆的寂寥感。

我思考著自己在這個世界上影子的形狀，意興闌珊走過一間一間的房子、一個又一個的街口，走進文武公園旁的殯儀館，殯儀館的造景更像一個雅致的園區，我找了一個適合的石頭坐，並開始啜泣大哭，用壓抑音量的方式哭著。雖然不知道夜色下的我看起來像個什麼，也不知道有什麼不知名的物體看著我，但深夜大概不容易有人會經過這，看到一個不知名在殯儀館外哭泣的人類，應該也不會想接近。這讓我更放心的在夜裡發洩自己的情緒，並深深接納與感受這些情緒。酒精催情的作用讓大腦感覺既快樂又悲情，一邊哭一邊把夢柯脫單一口乾。

一個客服員的薪水，扣除基本生活開銷幾乎所剩無幾，購屋是不可能的，要兼差跑外送、打零工，拉長工時，把每月開銷壓在一萬五以下，讓生活品質變成一碗加熱水就可以果腹的泡麵，買棟二十年郊區的老屋，是有機會的。

在這個世紀，電子支付讓金錢的流動更加快速、普及，且充滿不可確定性，貨幣將只是手機裡的一筆數字，而不一定是存在銀行裡的，這是金流；飛機、高鐵、貨車、輪船、汽車所乘載的人與物品，在世上運輸往來，把正確的人與物品，抵達到正確的地點，下個世紀這個範圍將不侷限在地球，而在宇宙，這是物流；人類的情緒，因獲得滿意而快樂，因不如預期而生氣，因不被肯定而失落，因求而不得感到哀傷，大大小小的壞情緒，如果沒有正常運送到該有的出口，則將會崩壞、潰堤，嚴重者甚至自我毀滅，這是情流。

沒有心理諮商師那麼高貴，但客服員的工作，大概就是把人們一部分的情緒，透過溝通、理解、同理去轉化、消解，讓每個人的情緒導向正軌，獲得合理的滿足、滿意的答覆，我猜想這是我的價值，雖然渺小微薄，但也可像是螢火蟲在夜裡的螢光，撲朔偉大。

喝完這一瓶酒，尚在迷茫的我，起身要再去喝下一輪，並讓自己的情感，找到真正能夠流洩的地方。

二〇二二年西灣文學獎散文佳作

物流起源

將正確的物品（信息、情感或是意念）
送到正確的地方（地球、月球或是宇宙）
交給正確的人（靈、獸、或是，神？）

小草曾經寄過一滴淚珠給天地
雨水將自己寄給海洋
沙粒書寫了一遍沙漠給綠洲
我曾折了一封口信，給了隨緣的風

一艘輪船停泊在大海
不確定運輸的是貨品還是自己
一張明信片經歷海角天涯
終究遺失在一次錯誤的投遞

翻山越嶺的歷史
指頭一點，訊息傾巢而出

千軍萬馬的征戰，沒有任何信仰被送達
槍砲與坦克輾過無數手機與屍體
沒有任何新聞畫面流出
沒有一條路是乾淨可通行的
飛機乘載的，可以是疫病、遊客與炸彈

屏幕滑過去
訂單成立，包裹寄出
有沒有抵達正確地址
只有當事人在乎
無論生與死、輕與重
無論有形無形、信仰與懷疑

無論黑與白、對與錯
無論快慢緩急、時空遠近
那些還沒有寄到的東西
只有神知道
神知道沒有丟

二〇二二年西灣文學獎新詩佳作

開關

開或關，狀態
暗或亮，不是黑與白
1秒，同1兆光年
在體內，在靈魂
有一顆太陽想要照亮宇宙
有一顆隕石正要衝破宇宙
我是宇宙，我不是宇宙
我沒有辦法決定如何關閉我的開關，或開啟
我想要讓黑暗籠罩，我不想讓黑暗籠罩
我必須要能決定
一顆行星的去留
我的宇宙裡沒有時間與空間
沒有光線、聲音與氣流

我的宇宙不確定是還沒開始
或是還沒結束
我找不到我的食指
我在想是不是從宇宙誕生開始
就沒有開關的存在
沒有我的存在
沒有我的存在
就沒有開關的存在
我在想是不是從宇宙誕生開始
我找不到我的食指
或是還沒結束
我的宇宙不確定是還沒開始
沒有光線、聲音與氣流
我的宇宙裡沒有時間與空間
一顆行星的去留
我必須要能決定

我不想讓黑暗籠罩，我想讓黑暗籠罩
我沒有辦法決定如何開啟我的開關，或關閉
我不是宇宙，我是宇宙
有一顆隕石正要衝破宇宙
有一顆太陽想要照亮宇宙
在體內，在靈魂
1兆光年，同1秒
暗與亮，不是黑或白
開與關，狀態

二〇二一年西灣文學獎新詩貳獎

騎士的驕傲

雨下得非常輕柔，微微的像濕毛屑飄了下來，沒穿雨衣也不會濕透。這雨一陣一陣的，有時急、有時緩，不過在炎熱的夏天裡，比起汗水濕透衣服，現在烏雲遮擋了陽光，微雨在皮膚上像一層雨鱗片，很舒服。

夏天我喜歡這種天氣，下了一點點雨，讓人覺得些微不方便，就會叫外送。微雨訂單會變多，出來跑外送的人會變少。昨天也是這樣的雨，讓我破了自己的歷史紀錄，一百零九單，加獎金共七一〇四元。

如果雨勢再大點，就難跑了。天雨路滑，視線也差，不太好騎，穿脫雨衣、影響效率也是個問題，保護手機不淋雨更是個經驗，用夾鏈袋或透明袋包好，膠帶貼起來，比市面上的手機防水套好用多了，防水套的觸控功能不夠敏銳，太厚。雨天這些多出來的細節，都會在不知不覺中、一點一滴耗損到外送的時間。

外送這件事情，販賣的是時間，是幫客人省時、讓客人方便。

有時候騎在路上，或等電梯的時候，因為身上穿著制服，看到別人投來的眼光，心想別人是怎麼看我。確實，有機車駕照、會騎車，就可上路，是個沒什麼門檻的工作，所謂的正職或兼職，也僅差別投入時間的多寡。

說白了，就是個幾乎是誰都可以做的工作，再平凡不過的工作。

如果是中年二度就業，會是個不錯的選擇。像我這樣正值三十壯年的男性，社會價值觀所賦予的期待與評價，去相親，人家就想，「你憑什麼？」三十歲的理想職業，遙遠而不著邊際。

還是說，這其實是我對自己的期望使然？

國小一直都沒怎麼念書，也都是第一名，領了校長獎畢業。國中也差不多，PR值考了九十二分，上了明星高中，但上了高中不用功，幾乎就不行了，成績完全不值得一提，念了個普通大學，成為了普通的人。說穿了，很無聊。

◎

雖然一開始是這麼妄自菲薄的，但外送這一行做久了，有了許多經驗與心得，錢就會賺得很快。外送平台剛熱門的時候，一個月休個四、五天，一天上線十三小時，隨便也能跑超過十萬。也因許多人被這樣的高報酬吸引，加入跑外送的行伍，人多，訂單就像果汁大量加水一樣的被稀釋掉。

第一次疫情爆發以後，景況又變得空前絕後，疫情重災區的雙北地區就不用說，全省都進入三級警戒，餐廳禁止內用，只允許外帶和外送，許多民眾不敢出門，民生用品和三餐也都只能仰賴外送。我的歷史紀錄就是在這個前提下刷出來的。

疫情也帶給外送許多不便，因為禁止內用，沒辦法在七-一一還是全家吹冷氣、吃東西，甚至是上廁所。上廁所尤其不方便，幾乎所有加油站都禁止廁所外借，但直營的中油還是開放的，在市區兩、三公里就能找到一家。百貨公司也很方便，但就沒那麼多間。

疫情趨緩後，我也休了一小陣子，讓那一電、一油的兩台機車歇會兒。吃到飽的電車會抓營業使用，所以安了一油一電。

據說凡事超過一萬個小時，就會成為專家，我不該那麼妄自菲薄的，在外送領域，我就是職業的騎士。就我說，在外送還不普及的前期，與疫情爆發後不能內用的後期，在都會區沒跑到月收十萬以上，幾乎不太可能。我認識幾個頂尖騎士，都設這個為基本目標。

每個人都可以選擇過自己要的生活，我覺得我就想當一個在都市裡隨意奔馳的騎士，想跑就跑，不想跑就休。每個月領到的酬勞，現在也還算不錯，可能這就是極速物流興起的初階時代。聽說未來就全都機器人自動駕駛了，誰知道呢。

也許很多人覺得，要想像我的生活很容易，我就是個跑外送的，跑外送就是騎騎車、送送東西，就這樣而已，沒什麼了不起。我們也許是很容易被想像的一群，導演與劇本家會覺得是一部很好導的戲、很好寫的劇本。當然也確實是個很單純的職業，打開ＡＰＰ，填寫疫調表單，就可以開始跑件，不用上、下班打卡，不用到指定地點工作，任何時間、任何地點都是我們的出沒之處，是無所不在的外送員，散佈在都市裡的各個角落，成為城市的關節，街道的血液。

「把正確的東西，送到正確的地方，交給正確的人。」是一位前輩金維兄說過的句子。我在想，把一件事情做對，很容易；重複做對千萬次，是個細活，是套哲學。

外送這件事情很小，世界上許多職業、許多工作也都是這樣，醫護、服務、零售、倉儲、物流、餐飲……每一個人都擁有微小的光，在這個浩瀚宇宙裡，有著自己的光點，都是自己的大人物。每個人都要找到一件賴以為生的事，對我來說也許就是外送。

至少我覺得這輩子是不可能失業了，除非外送機器人出現，否則人們已一朝一夕開始仰賴外送，甚至習慣外送。以前還很多朋友覺得叫外送很不好意思，好像麻煩別人跑腿一樣，疫情爆發後，因為成為了民生必要需求，開始沒這個心檻，該叫就叫，衛生紙、礦泉水、生鮮魚肉通通可以送到府上。

如果真的不好意思，那就給我小費吧！

疫情嚴峻，每天染疫人數幾百、幾千、幾萬在增加，上次我送到客人那邊時，他給了我五百元。

「不用找了，你要記得，這一餐是五百唷！是五百元！」客人反覆叮囑，拿走餐點。

我仔細一看，這一筆餐費總額是444元，真是個不想觸霉頭的客人。

外送公司曾找過我，問我要不要接受採訪，談一些使命感、內在動機之類的東西，但我想了想……賺很多錢就是我的內在動機，我就拒絕了這個虛無的邀請。很多騎士夥伴加入，就是覺得收入可觀，才會一直拼命衝。當然，我們確實有比別人專業之處，才能夠讓每一個餐點、每一樣東西，送到每個需要的人手上。

我看過很多「普龍貢」，外送態度散漫，對東西沒有責任感，送到後也不管有沒有聯絡到客人，直接丟在一樓警衛室，沒消沒息的，這種很快就會被停權。但似乎各行各業都會有少數幾個這樣的老鼠屎。

老手如我，也確實會閃一些「不好送」的訂單，特別是超重、超過材積的單，比方訂購全聯整箱礦泉水兩大箱，衛生紙四綑，不知壓壞算誰的幾條吐司。還有像瓦城還是開飯川食堂這樣的滿漢全席餐點一整桌要外送，或是一趟一百三十杯的大杯綠茶無糖微冰根本不知道從何載起，我就會開始和派單員編撰一些轉單的理由。

棄單率太高會被停權，得用些理由把單子轉出去，就不是棄單。雖然我後來都直接告知因為店家餐點還沒好，說還要很久很久很久。其他像是身體不舒服，想要上廁所，手機快要沒電，機車故障，都是從抽屜拉開就可以交出的答案。

「皮帶壞掉？」派單員透過訊息詢問。

那次我真的是機車故障，沒有要編理由。

「皮帶壞掉，車子應該還能騎吧？」

「嗯？」

派單沒辦法理解皮帶是一個機車零件。

但後來平台改善了調度，會拆單與增派人員，就解決了物品超重、超過材積的問題（真的當大家都是開貨車外送啊！）

停紅綠燈時，視線是遼闊的，藍天、大樓、走過去的路人、一條狗、正在打包便當的人——啟動，加速，五十、六十、七十、八十，視線會從一條線變成前方一個點，四周開始模糊；人生在加速的時候，就只看的到前方。

晴天騎車讓我烘衣，雨天讓我沐浴，我常常在感知自己的心情，是不是隨陰晴不定，外送好像在磨練我的定性，亦或是我的宿命。一個人的命運是無可改變的嗎？沒想太多，我經常騎了就上路。

趣事很多，收入也不差，但我還是並不滿意現況，一九九二年周星馳主演的《武狀元蘇乞兒》裡面有句台詞說：「乞丐中的霸主，還是乞丐。」每個人的這一輩子，是不是都在自己的世界裡，逃脫不了一種乞丐宿命，或者是我太孤芳自賞，自以為曲高和寡。也許我終其一生，就是個跑外送的。

就算是這樣，希望我能一直保有屬於騎士的驕傲，可以一路往自己的方向前行，沒有顧慮，不在乎他人，像一匹一直奔跑、最終消失在黃昏地平線的野馬那樣，再也沒有人追得上我。

一一二年度陳哲男校友文學獎散文類佳作

路線

「已派遣＞＞騎士已讀＞＞抵達取件地＞＞已取件＞＞抵達送件地址＞＞已送件。」一則貨態的誕生，從起點到終點，一件任務的完成。

營運站內的人，幾乎所有人每天中午尖峰時段，都會出去支援跑件，成為真正的騎士，女生也不例外。畢竟是上班族叫外賣的最大尖峰。尤其疫情剛爆發之際，總部同仁更是從早上九點上勤，跑到晚上十一點才結束，就連賴副總也是開著他自稱的全聯一號，守著某家爆單的全聯，來來回回的送民眾訂購的民生物資。

平常操作系統調度著，是在google地圖上看地址、看位子，在電子儀表板看到每一個貨件、每一位騎士的位址；而出去支援的時候，街道實體化，路線是活的，每一趟配送都是獨一無二的任務。任務過多、疊單的時候，得靠經驗，縝密計算出最佳解。特別是平常日的中午，商辦大樓訂購的餐點，量大，且通常壓十二點要到，經不起漫長的遲到。

也有特殊考題，下雨天，開ＡＰＰ上線接件的騎士很少，會衍生出許多不得已的奇怪路線，因為沒人，就讓一位夥伴同取送苓雅區的新光路、鼓山區的臨海二路、鹽埕區的五福四路和前金區的河東路四件，沒辦法，只得把最近的先配掉（或壓在尾單最後走），剩下的看裝載量，盡量一次同取，一起配走，才會準時。

我們服務許多在地的街邊店，所以跑過兩大平台、來站內加入騎士的民眾，我們都會特別強調，同樣都是外送，街邊店的配載量比較大。同一個餐飲店，請我們送五百元的便當和兩千元的便當，運費是一樣的，所以店家會在餐量較高的時候委託我們配送。這是平台分潤機制不同的緣故，靠餐費抽成的平台（熊貓、UE），每一趟外送通常一個套餐就結束了，量小，平均客單價落在三百元左右，好送的很。相較而言，服務街邊店是格外辛苦的，但街邊店的利潤會比較好，所以騎士優化自己的裝載量，會讓路線更容易安排。

當然一件一件慢慢送，就沒有路線的問題，卻會錯過時效，且油耗、車耗也較兇。能力特別優秀的騎士，一次任務四單全取，平均時薪會在三百元以上。各平台都在追求好的分潤機制，那會讓優秀的騎士留下，都為此燒了非常多的經費，每個月幾百萬、上千萬都有。

取取送、取取取送，騎士通常是沿路先取，再一次送掉，快於取、送、取、送。現在平台系統也都是朝這個方向去設計，一來節省媒合騎士的時間，二來大幅增加運能，三又可以綠能減碳。這是系統能夠支援自動派件為前提，科技點數必須點到最滿。

要人工排O2O（Online To Offline）的物流路線相當困難。一般會進貨倉的物流，按區域分，一次進去貨全取，接著沿路送，就像郵差送信一樣；O2O物流的貨件則像是雨後春筍盛開，一件件在地圖上出現（或許更像是打地鼠遊戲），接著媒合附近最近的騎士前往取配，完成任務。

我們都會讓菁英騎士坦克直接到高單量的店家報到，他在看過店內十幾個訂單之後，瞬間排好路線，往北的博愛二路、大順路、同盟路的一起走第一趟，往南的七賢一路、中正三路、南華路第二趟，再把察哈爾街、熱河街、十全一路等店家附近的點送完後，最後用較遠程的醫院訂單收尾，完美完成艱鉅的中午尖峰時段配送。

系統沒辦法支援自動派件的情況下，只能靠人腦的經驗與智慧來完成了。

騎士每天上線，系統進什麼單就跑，往哪兒去就送，雖然到達目的地的路線或多或少有些不同，但這些路線大抵是被決定的。一個騎士的一整天，被這些路線所構築而成，騎士就是因應這些路線而生的。

多數人的日常，不是和這個很類似嗎？被路線所選擇，在既定路線上前行，通往一處似乎可以想像、可以觸摸到的終點，每日上一樣的班，領差不多的薪餉，過差不多的日子，和差不多的人相處，做著大同小異的夢。上、下班走一樣的路線，明天過和今天差不多的日子，用同樣的漱口杯漱口，睡同一張要大不小的床。

一天有單就跑，沒有單的時候，把守著街弄上的安全，白天看走過去的流浪狗，夜晚看跑過去的流浪貓。便利商店沒有洗手間可借，虛無的守在街邊，每一秒的流逝像心跳、像血液，時間具現化般的成為了自己此時此刻的價值標籤，論件計酬就是跑一件算一件，沒有件就沒有路線。路線就是支配著方向的，這樣的存在。

騎士透過ＡＰＰ上線承攬任務，就像是一場大型的Ｏ２Ｏ遊戲，每一次的配送都會跑出一個分數，可以累積點數，跑多少單會額外有多少分數，這些分數有著相對的酬勞。

人類藝術起源有許多說法，有人說是遊戲說，有人說是勞動說。

遊戲說的本質是無目的性，人類玩遊戲並不為了什麼，讓自己沉浸在不拘形式的娛樂當中，不斷嘗試新的創造與表現形式，不用把精力都消耗在生存勞動，多餘的精力會自然趨向娛樂遊戲當中，進而昇華為藝術活動；勞動說的說法是人類因勞務體會到生命價值，古代農作勞動過程中，一邊耕田一邊謳歌，打著節拍，手舞足蹈，所自然展現出來的詩、樂、舞藝術形式的雛型，也是文學的起源。無論是遊戲、勞動，人們透過壁畫、鑿刻，想把自己的想法、感受，永永久久的傳下來，藝術自然而生。

騎士承攬任務的ＡＰＰ，結合了遊戲與勞務的概念，製作出一款大型Ｏ２Ｏ遊戲，騎士在承攬的過程中，透過系統跑出的資訊，揭開任務，前往任務，完成任務，獲得即時的報酬與獎賞。

每一條路線，不同的分數，路線遠近不同，任務難易有別，要進百貨公司取的，要送進醫院或百貨樓層的，份量過於龐大的，要找零的，暴雨或高溫氣候，均屬困難，均沒有加分。疫情期間不用上樓，任務因此簡化，騎士的小確幸。

每一條路線都有預估的配送時間，抵達後系統也會自動倒數計時，在早期普遍用現金支付時，如客戶失聯的話，十分鐘後騎士就可以將餐點自行處理。這是美食平台的規則。不過通常只要是刷卡支付的，騎士就會在提袋上備註清楚，放在樓下，等待空腹的客人可以早點領取。要收現金的就沒辦法了，騎士會感謝這一頓豐富的員工餐。

電腦也一直不斷的在優化路線。原本系統可能解讀A路線比較快，但如果有騎士發現了更快的B路線，B路線跑久了以後，系統就會吸收B路線的新知，取代掉A路線。系統一直在吸取千千萬萬條更快的路線，以龐大數據內建自己的智能。每一位騎士對於路線智能的優化均有貢獻，是千千萬萬個騎士，用血、汗、淚完成了路線智能化的最後一哩路，騎士貢獻了自己每一趟的實戰經驗。

騎士滿心熱血的加入穿梭在城市的O2O遊戲，成為路線的一環，隨時可以上線，隨時可以下線。亞洲某國大城市的數據統計，除了初階工作者外，加入O2O遊戲的白領階級佔百分之十，創業者佔了百分之十，專業技術者也佔了百分之十。有許多來自各個領域、各個階層的人，都加入了這個遊戲，全職賺錢的大有人在，但兼職外送的佔比也不少。這些族群跑的不全然是收入，大多是跑心情，騎著車吹吹風，想著自己的心事，懷抱各式各樣的美夢。

每個人在自己的主線任務上，也有著各種支線任務，每過一個巷口都有不同的風景，下一個轉彎藏著許多可能。只要開上線、在路上的，都可以是騎士，無關身份、性別、職業、階級。因著不同的理由進入O2O遊戲，像是在迷茫的人生道路上，思索著另一條更加清晰的路，配送的途中，看見一棵樹，遇見一家沒有見過的小吃店，平房公寓，跑車豪宅，店家的一聲招呼，客人給的微笑與小費，汗水，溫度，風，機車的引擎聲，一路上藍芽耳機聽播的音樂，都可以是自己回到原本生活的一個靈感，一次新鮮的感受。

我騎著車，載著物件，想到自己剛開始的時候，也常常粗枝大葉的，未把物品固定好就放入保溫箱（現在已放入好幾包衛生紙、塑膠袋、杯架等可固定、填充用之物），導致飲料、鍋燒意麵脫蓋，便當傾斜湯汁溢漏。因犯錯而記得的叫做經驗，每一條路之所以走得穩、走得順，都是經驗來的，才會成為自己的路線。

物流就是物品的流動，將正確的東西，送到正確的地方。

也許我們也都正在把正確的自己、送到正確的地方，走一條電腦也尚未能計算出來的路線，連自己也完全沒有頭緒的路線，總有一個地方，能稱得上是自己的終點吧，我們是他人生命裡的所載之物，彼此生命裡的所需之物。

一一一年度陳哲男校友文學獎散文類第三名

外送員

我是個不需要被介紹的人，沒有身份、沒有背景。

沒有，什麼都沒有。

我常常在想我是不是沒有聲音。

並不是啞巴，我是個會說話的人，和一般人沒有差別，但我總懷疑自己並沒有聲音，這也和一般人的懷疑一樣。

我為此煩惱嗎？有時候有，有時候沒有；聲音有時候重要，有時候不重要。

騎車在街上繞一會了，十：八。

手機的ＡＰＰ沒響。我盯它好一會了，沒有單的時候，我幾乎是時時查看。

沒單。

ＡＰＰ像浮標一樣，靜靜漂在湖中，沒有任何動靜。我常常以為這個湖是不是沒有魚了，一尾也沒有。

這個狀況維持有好幾個月了。

以前這裡剛開區的時候，多好跑，最高每件獎勵金都貼到兩百元，一天下來五、六千元跑不掉。

後來比較回穩了，每件一百元，但也沒什麼人全職跑外送，一天認真下來四、五十趟，一個月休四、五天，拼一點，月入十萬也是滿容易的。

但就算年收入百萬吧，有些人看外送這件事情，或是外送員的眼光，是不會變的。當然我並不責怪他們，因為我知道那樣的眼光，是一般世俗價值觀長期養成的。

也許我自己也用這樣的眼光在看自己。

做外送的，是一張勞動標籤，象徵某一社會地位、某一種生活，甚至是某種命格。

我是最優秀的。我必須時時勉勵自己。

想想能這樣過一輩子也不錯。有什麼不好的嗎？

潛意識還是常常提醒我自己的平凡無奇，在我穿越大街小巷，看著一個個店面和招牌，我知道自己也是一個移動式的招牌，我活著正為了掙錢，沒別的。

我並不杞人憂天，或怨天尤人，小時候我還覺得自己或多或少有與其他人不同之處，長大才發現大家終究會成為一塊代表著某種意義的招牌，無論是在現實或是虛擬之境。

現在沒以前那麼好跑了，一個月五、六萬還跑得有勁，現在跑到四萬多就差不多了。還沒扣掉高額的保險與加油費，起碼估個五、六千元。

跑這個什麼客人都遇過，最剛開始還沒那麼普遍的時候，常常送到外國人的訂單。我指的外國人是西洋面孔的，這些外國人有很大族群是來台念書的學生，看年紀我猜是念研究所來的。

林林總總的客人，像是照顧好幾個孩子的主婦、看起來不太出門懶洋洋的宅男、醫院的從醫人員、銀行的行員、同樣是跑外送的人（都請我放在門口外、機車上的保溫袋）……大部分的客人還是在高樓大廈上班的上班族，每天用餐中午的尖峰時段，等電梯實在太折煞人。

最早期開放現金支付之後，訂餐的學生族群就變得比較多，那天一到中午十二點，十幾個像我一樣的外送員，一整排在雄女的校門口外等待接餐，這是我小時念書時，完全無法想像的情景。

也有送過酒店，走進前廳，有胭脂香，小姐都穿得很辣，眼睛都不知道要擺在哪。送酒店收到小費的機率特別高，也不知道是不是我長得還算老實又俊的緣故，所以我對酒店特別情有獨鍾。

以前是從早上十點開始跑，後來時段有開放到早上六點，06:00—08:00確實有一小波尖峰時段，再來會剩下一些零星的咖啡訂單，忙碌的上班族較少有閒暇之餘吃吃上午茶點心，不過偶爾會有一些放假在家、睡比較晚的人，會為上午茶外送做出貢獻。

每天最火的時段就是中午，外賣以上班族午餐為大宗，在家煮飯的人少、外出吃館子的人少。外送員沒有跑中午時段，今天就跟沒跑差不多。一個小時平均六單，如果連續四小時沒有中斷，大約二十四單，以前獎勵比較高的時候，大概兩千四百元，回穩後大概一千六百元左右，而且單子也少很多，根本不到這個單量，只有在疫情後又回溫不少。

晚餐尖峰單子也多，不過下了班加入跑外送的也不少。兼職的上班族通常在下班跑一到兩小時，增加額外的收入，一個月三、五千應該沒有難度。

現在每天都有幾百人排隊等著開通帳號，領新的包包，加入「顧路大隊」，加入的人越來越多，以前是一個人跑五單，現在是五個人跑一單。

10:33，響了。

滑開手機，是中正三路的路易莎咖啡，前面五百公尺，內容物是一杯，送隔壁財稅大樓的十四樓。

10:41就送完了，等電梯下樓。越接近正中午，單子就會越密集。

我習慣騎著車到處繞，越接近美食平台的合作餐廳，在餐廳快出餐時，就越容易吸到這一單。我讓自己成為一個不斷在水面移動、試探性的浮標。

沒有必要時我不太說話，我常常在想我到底是不是個沒有聲音的人。

久等了，祝您用餐愉快。

這是我的敬業之處，就像超商的店員歡迎光臨、謝謝光臨那樣的必須。

我平常很少說話，我常在想我的聲音是什麼。

我會用筆寫下一些我想說的話、想說的句子。這些段落在紙上浮現的時候，我能感覺到我自己的聲音。我默讀這些文字的時候，我感覺到前所未有的平靜。我聽著自己直搗心裡的話語，在對整個宇宙說話。

這個時候，我就覺得我是個有聲音的人，而且可能也有人能夠聽見我說話。

取件，跑件，送達。

下午除了飲料單，就是點心單。中餐和晚餐之間，像是戲劇一幕換一幕之間的過場，訂單不多，外送員卻不少，跑全職的，中、晚餐的案件一定要接，那下午上線待命的人就多。

在調度員的電子儀表板上來看，大概是幾百條鯊魚搶偶爾出現的一塊餌食那樣。客人一定覺得在下午收到餐點的速度特別快，畢竟很多外送員是直接在店家門口休息兼等單的。

語言不是我的工具，速度才是。在看到地址的瞬間，腦海會馬上給出一條最快的路徑，那不是google導航可以媲美的，是靠經驗累積而來的絕佳路徑。這條路徑是活的，遇到塞車或是紅燈，路徑會活絡變化，我總覺得腦海裡有一棵像《阿凡達》裡的世界樹，吸取了所有經驗生命分子的養分。

人要做自己最擅長的事，才容易快樂，我對此深信不已。奔馳在路上的時候，我從來沒有懷疑過自己，迎面而來的風讓我感覺自己為速度而生。腦中只計算著如何完美完成這一個趟次，這個地址要不要上大樓，是東側電梯快還是西側電梯快，進醫院要臨停哪一個門才不會被拖吊，前三分鐘透過訊息提醒客人即將抵達。

節省一秒，就是多一塊錢。

專注在一件事情的時候，我從來不會多想什麼，對於人生、對於希望，這一類的事情，全都拋諸腦後。當下最重要的，只是把這一件任務完成而已。與其說自己成就了任務，不如說任務成就了自己的靈魂更加貼切，但外送員似的精神與靈魂，聽起來有點弱，不是棒球選手，也不是上戰場的士兵，只是外送員般的意志，像一封就算被寄丟也微不足道的廣告信，沒有人會在意。

任何人來看，都是這樣的吧？

到了晚上八點，只要我還有體力，就會一直跑下去。

過晚餐的時間幾乎沒什麼單，但如果堅持到半夜，還會有一波小尖峰，我猜是因為出來跑的外送員變少，但已經洗完澡不出門、又很想吃消夜的客人，會需要我這個服務。這個時段一小時三單並不是問題。

夜深跑起來其實滿舒服的，路上沒什麼車流，客人通常也不像中午上班時段那麼趕著吃飯。吃宵夜的心情是慵懶而愉悅的，且在荷包與熱量的心理帳戶上也非常奢侈，不會有人為了吃消夜而生氣的（加班到半夜者除外）。

人們在夜間的心情大抵不會太差，下了班放鬆的心情，像一組擺在客廳閒適的沙發，白天的焦慮都交給明天的太陽了，沒有任何問題，吃完消夜就上床睡覺，完美一天的句點。

夏天夜晚還算宜人舒適，只要不下雨的話。我通常雨天跑完晚餐時段就收隊了，並不是嫌雨天麻煩，而是雨天讓手機的故障率大幅提高，否則有一句行話是「雨天下的不是雨，是黃金。」

夜晚的日子如果不考慮單量的話，幾乎無可挑剔，一個人靜靜的，可以想很多事情，快樂分子漫佈在整條夜光撒落的街上。沒有單的時候，我會滑開手機，閱讀自己喜歡的小說（最近的一本是村上春樹的《刺殺騎士團長》），有時候則是看喜歡的youtube頻道（呱吉電台或是木曜四超玩的一日系列），有時候是用wave聽電台（莊蕎嫣或曾梓淞的自彈自唱）。

這些東西會填滿我顧路的等候時間，時間像乾裂的土地久旱逢甘霖，一天也就值了。

尾單是四碗紅豆豆花，從熱河商圈送河堤社區。一天就這樣結束了，而明天仍日復一日的開始。煩惱明天嗎？也許是，但明天終將到來，而我也仍在認真傾聽，我心底自己的聲音，鏗鏘有力。弱或不弱，這都是我的聲音。

一一〇年度陳哲男校友文學獎散文類佳作

高雄某個地方

我對音樂理性層面的理解幾乎是零，和一般普羅大眾一樣，吃好吃的東西、聽喜歡聽的音樂，就只是這樣感性層面上的理解。而且我幾乎只聽華語音樂，增加自己在ＫＴＶ裡的社交貨幣，但近幾年我也很少到ＫＴＶ唱歌了，必須饒過其他人的耳朵。

也是最近才開始趁空跟蕎Faye的場，也許可以治療我自己跌落黑井所受的傷。是在蓋城堡的返途中不小心摔落的，一個沒有預期就忽然出現在生命裡的黑井。那黑井又大又深，往裡頭吶喊的時候，回音響亮多變。黑井總是具備某種吸引人死亡的誘惑魅力，人們求生與求死的慾望，其實幾乎是同等強烈的。生存與死亡常常就只是同一件事情，好比更好的生活，其實是為了更好的善終，體現這一點最直接的證據是婚姻與繁衍。

在我意識到的時候，已經跌入井底了，過程並沒有很痛，直到觸底的喀一聲被我聽到，才發現自己早已傷痕累累。所幸並沒有致死的傷，脖子沒有扭斷，四肢也健全，但在深不見底的黑暗之中，連用力揮動的五根手指頭都沒辦法瞧見，有一陣子真的以為我的手臂已經全然失去知覺，在我沒有動它們的時候。井的最上緣有著一層薄薄的月光，往旁邊摸去，有一條向上攀爬的繩索，也許是打水用的井繩，這要等我有力氣去拉動它時，才能確定這一點。

當然我最後是活著回來的，否則也沒辦法坐在這裡聽歌。但我知道我的靈魂現在還在那口井裡頭，為了存活下來而努力的讓自己爬回到現實。畢竟還有正常的生活要過，而且城堡也還蓋到一半，不是一件能夠中途就放棄的事情，必須要接著蓋。

看著賈斯汀點的那杯滿是冰塊的牛魔王（愛爾蘭威士忌加上黑糖與咖啡，第一輪先和冰塊調過，最後再加上愛爾蘭啤酒的傑作）被遞了過來，我收到瑞克的訊息，說今天沒辦法過來了。

上次瑞克在這裡喝威士忌喝得酩酊大醉，他點了很多杯不同的威士忌，日式的Yamazaki、蘇格登十五年、格蘭傑十八年、格蘭利威十五年……曾當過Bartender的瑞克敘述著威士忌沿著杯緣品香的方式與如何辨別其泥媒味，轉眼已隨著四、五杯冰球一飲入喉，最後直接開一瓶格蘭傑十八年，服務生說這樣前面點的兩杯可以優惠不收費。瑞克後來自顧自哭了起來，幾乎是泣不成聲的用顫抖的手一個酒杯、一個酒杯的，把裝有一顆大冰球塊的威士忌喝下去，小玉幫他把要喝的酒一點一點斟入酒杯，不讓他自己倒，怕瑞克打翻酒瓶；早已唱完的蕎Faye則坐在他的左手邊，說著安撫醉酒人的那種一搭一唱的玩笑話，對對對我們知道你同事對你很好，我們也對你很好，大家都很好，大家都是好朋友。不讓場子悲傷一向是蕎Faye的專長，應該說逆骨的她經常要讓事情往反方向走，冰與火，哭與笑，悲與喜，擅長遊走在兩個極端，在反差中又有某種「大概可以理解」的一致性——她就是那種不想被別人猜到的人，跟蕎Faye說她今天不會去運動，會大大觸擊讓她去運動的機率，她就是這樣的人。

那天，瑞克崩潰大哭的原因，小玉和賈斯汀都猜和蕎Faye有關，但這事只能私下猜。我只覺得和愛不到一個人有關。瑞克有和我說了半年前和女友提分手的事情，他不愛她了，這是其一，至於瑞克的心裡有著誰，他沒有明說，我也不想特別去暗猜。我還是希望和瑞克保有個不錯的關係距離，交換一些心事。他也知道我跌入黑井而沒有死掉的事。瑞克哭了一個多小時，格蘭傑十八年也喝掉了三分之一，小玉一邊用衛生紙幫他擦掉鼻涕，瑞克去廁所吐了三次，整個馬桶像被捅了好幾刀而噴血，深紅色的威士忌，回來繼續潰哭，但感覺到他有點越吐越醒。蕎Faye仍不時對他開有節制的玩笑，大夥是一邊陪伴著瑞克的情緒，孵著這個夜的酒精、醉話與剛才蕎Faye唱的〈紅玫瑰〉。深夜兩點半瑞克吐完最後一次坐在馬桶上，我們終於叫了車，他整件白色上衣完好如初，一如他日常的紳士典範。現在瑞克身上的香水味就多了威士忌的味兒。

所以瑞克說他今天沒辦法過來。可能和上次他的失態有點關係，距離發生的時間點太近，他會選擇維持自己在大家心中健談又善於社交的紳士形象，一如他年前做了消除眼袋手術後的上把個月不出門見人一樣的堅持。我決定和賈斯汀坐在吧檯旁，點了可樂和薯條湊了低消，就看見蕎Faye從門外走進餐酒館，和我們打招呼後，直上二樓架設她的設備和器材，並用陳潔儀的〈喜歡你〉開場。蕎Faye知道我喜歡那首歌，但她不知道其實我喜歡那首歌的原因是有點悲傷的。通常蕎Faye唱結束後會留下來和我們聊天，但她今晚要幫朋友求婚，收拾完就趕著離開，把吉他袋放在機車前座，揹著音箱，一陣風走了。

我和賈斯汀決定到外頭漫無目的的散步，我們沿著四維三路的生日公園、苓雅國中，隨意繞著苓雅路、忠孝路，這裡的民舍在夜裡有種老照片的暗黃樸拙，街巷裡仍可見得老房舍們垂垂佝僂的模樣，與市郊街景也並無太大差別。我喜歡一直走一直走的感覺，每天晚上我一定會和自己走一段，通常是聽「得到」的《羅輯思維》，最近則聽「吾橋有水」的音樂，蕎Faye唱的團。兩個人走也行，我喜歡專注在和另外一個人的談話，這是一段意識流動的同行。

賈斯汀喜歡動漫，《遊戲人生》、《新石紀》、《輝夜姬想讓人告白》、《出租女友》、《成神之日》，我一部都沒聽過，卻因為他的推薦而看了《排球少年》；也聊了一些影劇，我們都對《黑袍糾察隊》印象深刻，他看了很多。大多時候談話的內容並不是太重要的，都是些下一秒就忘記也沒關係的話語，一個人和另一個人的交流大抵是這樣，話語、聲音、表情、笑聲是音符，彼此的感受是被填上的五線譜。賈斯汀是個很單純的二十三歲男孩，小了我十來歲，有求必應的青年，求學時幾個朋友向他借錢，都借，也累積了數萬元，幾個憂鬱傾向的朋友（都是女性）也找他傾訴，成了一種日常習慣，可能他的不拒絕是一種暖意，不讓人落空的期待在這個世上都是善意的。賈斯汀說半夜三點的電話他可接過不少。

「半夜三點？」

「嗯。」

「你不用睡唷？」

「沒差。」他說會半夜來電總有不願被拒絕的特殊性。

賈斯汀有一位朋友M過世了，一天M趁著男友進浴室洗澡時跳樓了。如果當時有多關心M，比平常更多一點關心，也許M就不會死。賈斯汀說，從此不會拒絕可能是求助的電話。他曾經從高雄騎車到彰化見M一面。比起M數次割腕吞藥未亡，從高處往下縱身一跳這樣絕對的物理性傷害，可能M這次是決意要死了。我覺得，但沒說出口。

聊了工作，聊了感情，與賈斯汀在深夜這樣走著走著，總讓我覺得夜還很漫長，並沒有要結束。我平常是個早睡慣的人，這樣的時刻讓我感到難得，特別是我認識賈斯汀還沒超過三個月。我們與瑞克都是蕎Faye的聽眾，經常會在她唱完後小聚一下，自然就交上了朋友。還有幾個核心聽眾，也許對蕎Faye或多或少都有點情感投射與偶像崇拜，見過大家出手闊綽，大方展現那若有似無的追求，讓人可肆無忌憚的熱烈求愛，不用隱晦與低調，不用藏。我也好奇著每一個來到現場聽蕎Faye唱歌的聽眾，是懷著什麼樣的心緒來的。

愛的品質，是否類似追星的剎那，因為所愛之人的獨特、優雅、氣質與魅力，也許就是偶像最終的價值所在。沒有人想愛一個不愛的人，沒有人希望自己的愛普普通通，沒有人想讓心裡空空的，心臟所在一定要放置一枚有意義的印花、一剪清晰可見的身影。我們將靈魂置放在追求的神聖殿堂，祈求神祇在極瞬靈光之間回眸一瞥，看見我們自己、證明我們的存在。

賈斯汀交過一個女友，後來就沒了，我也沒追問。又說他喜歡一個女孩子，追了四年未果，又喜歡了一個，也追了四年未果。我開玩笑的說，這樣不行，你要一次牽線四個，平均時效可以縮短到一年。他又說他不喜歡比自己年紀小的女生，前陣子有個大學生和他說，月亮會發光是因為月亮自己本身會亮，真的完全不行。我想了想，不是這個回答不可能，肯定是這個女生不可愛，不然喜歡一個人，在賈斯汀這個年紀，肯定是要不分年齡的，和女孩子聽不聽明無關，和一位青少年腦內的分泌量才特別有關，女孩子只是催化劑，這幾乎不是靠理性或意志力可以控制的，除非你是宗教、聖賢之類的人物，可以對七情六慾斷捨離。

蕎Faye當然要比賈斯汀大，但大多少，對賈斯汀只是個概念，我想這永遠會是一個謎。再走一會兒，賈斯汀還要走路到附近的另一家酒吧mini fusion，和朋友續攤。他還推薦了我上善若水與無念。上星期他才在那間酒吧遇到其中一位追了四年的女生的男友（已分手），那個男生在賈斯汀左手邊坐了下來，就往他瞧，先前賈斯汀和那女生相處了一段（也許就是模模糊糊的曖昧吧），後來那男生追走了，還在ＩＧ發文嗆賈斯汀不要有小曖昧、不要搞小動作，根本莫須有，兩人因此結下樑子。酒保和賈斯汀熟，對了眼神，不用幫忙，雖然賈斯汀想逃離現場，後來還是聽了對方把話說完，為從前的事情道了歉，他就離開了。賈斯汀和我說，這一切根本就沒必要，走出這個門，兩個人各自過日子，根本不會再有任何干係，說這些，對方自己安個心而已，討什麼拍。

我對賈斯汀要去續攤的精神體力感到佩服，深夜的這個時段他經常有著酒吧小酌的局，並在喝完後莫約花一個多小時走回鳳山。我在這年紀也花了非常多的時間在社交上，研究所的每天晚上都泡在羽球社、圍棋社、國標社、現代詩社，還有和女孩子的約會上，幾乎沒有一天是浪費掉的，並在半工半讀負擔掉生活費的情況下，完成了我的碩士論文。所以在社交活動這一方面，我大概也和賈斯汀一樣的豐富。

但我不會說賈斯汀對於社交活動是積極與熱衷的，該怎麼說，每一個來到蕎Faye現場的聽眾，靈魂深處多半沾染了些暗灰色的寂寥，但幾乎每一場都隻身到場的賈斯汀，並不會給人一種匱乏與寂寞感。他之所以在這裡，就是因為他想在，沒有多餘的原因，賈斯汀本身的意志讓他這麼做的，不是因為什麼其他動機。應該說其他動機都是次要因素，賈斯汀意志本身是心臟。他當然喜歡蕎Faye的音樂，喜歡一個人在外頭的獨處，靜靜聽著音樂，感受酒吧的夜色、酒精與對話，感受外頭散步的每一個步子、氣息與月光。但他總是一個人獨自到場，沒有特別約其他的誰，就他自己一個。這樣的賈斯汀能感覺到寂寞嗎？我並不覺得，也感覺不到他是因寂寞而來的，否則就是他內斂得太深，寂寞像礦山裡巨石深處的一塊玉，令人探究不到。

相較於他而言，我大概是滿身寂寥，寂寥像秋天落葉那般不斷抖落。蕎Faye曾說我是個很壓抑的人，我想了很久，還是不明白我的壓抑是什麼，壓抑這個詞像是把所有的情感、情緒通通鎖在一個太過狹小的紙箱子裡，導致紙箱子歪斜變形。但我並沒有感覺到我自己的壓抑，所以我一直覺得蕎Faye解讀錯了，我只是覺得我自己有點悲傷而已，我的悲傷像秋色般刷在我的身上，以至於我習慣得沒有感覺到我的悲傷。大概是跌入黑井所造成的後遺症吧，想要把城堡蓋好的急迫性，也加深了我因進度遙遙無期而產生焦慮，內心想著說不定這是一場不可能會完成的建設，對絕對失敗的設想而導致絕對的絕望產生。我不行，我不可能，我沒辦法。

賈斯汀說今天那和他感情不太好的弟弟凱也會去mini fusion，凱平常都在台南讀大學，回高雄時，也特別不想回家。賈斯汀自己也不那麼喜歡待在家，和凱不同，他說凱只是換個地方滑手機而已，自己則是和朋友敘，或聽蕎Faye唱歌。

「我弟以前做錯事情，被罵的都是我，爸媽覺得我做哥哥的，都沒把弟弟教好，但這關我屁事？」

平靜內斂的賈斯汀，和凱不同，凱是很放蕩不羈的在過自己的生活，最嚴重的一次，十六歲的凱在上課的時候打給十八歲就讀大一的賈斯汀，問哥哥該怎麼辦，電話中的凱似乎相當不知所措，支支吾吾，才說出自己讓女友懷孕的事。賈斯汀一邊走出教室並甩了教室的門，老師還追出去問他怎麼了。後來賈斯汀的父親開了家庭會議，問他想法，賈斯汀也是回了一句關我屁事，被父親罵了兩個鐘頭，結果犯錯的弟弟反而過程中都沒事。我說那是因為你沒處理好現在的關係，你爸現在是要你看重家裡的事情，那是一種關係重視，和誰犯錯沒關係的。懷孕這件事情雙方的家長後來都知道了，但女方的家長說女兒這邊會自己處理。以某種角度來說，這可能是事情最好的發展了。

聽著賈斯汀說這件往事，又說到凱想要買什麼，只要要求家裡，父親都會買給他，電腦、機車、手機什麼的，沒有想過要自己分擔一點，零用錢也是能花光就花光，過著揮霍竭盡的學生生活，確實是個令人堪憂的小大人。所以賈斯汀並不是很喜歡凱，但這兩年有些好轉，兄弟如果都在高雄，也都會相互邀約一下，先前的衝突大概也因為兩人漸漸脫離家裡而沉澱了。反正約出來就是喝。我曾聽任教國中的朋友說之前有學生在廁所被抓到變成四腳獸，現在想想國高中確實是最青春放肆的年齡，而這樣的放肆是因為對性的一無所知與強烈衝動。

mini fusion在光華一路轉林德街進入的小巷子，凱與賈的友人應該已久候多時，也許他們已經打成一片並成為朋友；也可能只是默默喝著調酒，滑著手機，思考著每個人自己的事。我與賈斯汀要分開的時候，他說死去的M之前有寫了一些東西，既像詩又像隻字片語之類的段落，有點沉重，我說沒有關係，你可以和我分享。於是我收到一個檔名《靈魂綑綁》的檔案，裡頭有四十二個小篇章共四千四百四十九字的心情小語，大多是灰暗、掙扎、絕望與哀傷的情緒，從蛛絲馬跡窺見應該與分手失戀有些關係，殘破不堪且不受自己控制的靈魂，靠著藥物與心理治療想要努力求生、變好。愛情是每一個人都深藏在靈魂底的弱點，與自我認同、自我否定有關。

後來剩我一個人的時候，我又獨自走了一會，走進便利商店，買了一包微波滷味和一支長罐台啤，在夜色裡一直走著走著，讓胃裡的滷味陪我再消化一段。我很常一個人拎著一支啤酒就這樣走著走著。

「你覺得什麼是孤寂？我很常感到孤寂，而且覺得這是無人理解的孤寂，但別人其實犯不著需要理解，因為每個人都有自己的孤寂。」
「現在呢？你孤寂嗎？此時此刻。」
「不會，我很平靜。我知道人生最重要的不是快樂，而是平靜。」
「平靜很難得。」
「非常難得，可遇不可求。」
「所以你現在很平靜。」
「因為有你陪著。」
「我們得一直這樣下去，我們只有我們了。」
「恐怕這輩子都得這樣。」
「是啊。」

後來我再遇到蕎Faye的時候，我跟她說每次看到那麼多聽眾來到現場，或是在線上收聽，熱鬧的時候很熱鬧，但我總覺得有一種都市的寂寥感。不知道為什麼，我貧乏的腦中只能想到寂寥感這個詞，用一個詞來概括一種感覺，我怕會太便宜。而這個寂寥感，感覺是可以寫下來的，也許，或許，我不知道。大家都是什麼原因出現而相聚在一塊的呢？蕎Faye說她很多聽眾只要一交女朋友，就會消失不見。我問她會難過嗎，她說是失落。會讓她失落的通常是曾經互動頻繁的粉絲，積極度、貢獻度高的熱烈聽眾。我想應該是有追求過蕎Faye的聽眾離開，最讓她失落。

蕎Faye有一陣子很常唱陳綺貞的〈台北某個地方〉，有一天我忽然覺得這個名字不錯，就開始用了。但就是一個開頭，也許沒有後續，也沒有結尾，就只是一個開端而已。

沒來由的。像我們平凡與孤寂的人生，這般寂寥。

一一二年度陳哲男校友文學獎小說類第二名

散文之所以為散文

文學碩士班畢業後數年，我還是不太明白什麼是散文，是把自己的身世記錄下來，把觸擊到生命的事件，用完美的敘事語調寫下來，就是散文嗎？按文學抒情傳統來看，扣除掉理性，扣除掉情節，剩下的認知、智慧、情感、感受，能不能成為一篇好的散文，我並不知曉，自己沒寫過什麼散文，老實說，讀的也少，大學四年、碩士四年接觸到的，似乎也很有限。可能一直覺得要認識這個世界，以二十一世紀二〇年代左右的現代，電影影劇、動畫漫畫、直播聲播、簡短視頻、臉書ＩＧ，直接傳輸給我們的東西，更直接明確，也更真實。散文這樣的東西，幾乎不能夠傳「真」了，有太多東西可以取代真實世界的「真」。那麼唯一剩下的，就是聲光效果不能夠捕捉的內在感受、意識等這樣的東西。也許散文最終就是走向傳遞情感一路，像一封想要寄出、卻不知道心儀對象是否願意接收的情書（當然是否收到，也許其實並不是很重要）。而且如果可以，這樣的散文實驗，能夠剔除「情節」這個東西是最好不過了，因為太多的情節，實在太「小說」了。與其說散文與小說之間有所區別，更不如說兩者之間有一些「相似性」，這個重疊的相似性讓他們彼此交疊、穿梭，像現在許多美少男角色扮演的長髮妹紙，有時候甚至無法讓人辨識雌雄真偽。

結束了和芽子近八年的交往後，陸續以她為原型，寫了類似村上春樹《挪威的森林》的短篇小說，芽子的高中、大學與研究所時期（即使她未曾就讀過碩士）一共用了將近四萬字的篇幅。這和愛不愛她並沒有直接關係，但畢竟是真正的初戀，且同居過一段時間，在情感上也是論及婚嫁（但我當時的經濟狀況並不允許），對於她的神形、血肉、性格、靈魂，這樣本質的東西，我覺得我該比其他人知曉得更深，除了她後來結婚的先生，我就不敢保證了。

芽子三十歲時嫁給了大她三歲的書記官阿諺，前陣子聽她說要準備離婚了，因為她並不想和公婆住，雖如此但仍和阿諺保持交往的關係，每個月大概會碰面一次。後來也確實離婚了，芽子連她在法院的工作都辭掉了（國考考上兩次，第二次考回高雄，年資超過一十年），我再遇見她，她一如往常的像我們要分開之前的那樣厭世，與這個世界的連結像遠離大氣層所漸漸缺乏的氧氣而稀薄。不知道是不是錯覺，我甚至覺得她對於外界的聲音有些神經質，她可以不需要聲音。

關於芽子可能是一個怎麼樣的人，也許連她自己也無法知曉，我想要透過書寫小說的方式，將她真正存在這個世界的本質素描下來。再過十年、二十年，她會只是個中年婦人，走在街上不會再受到男士的注目禮，也不會有人對她的愛情感到任何興趣，所以和她交往多年的我（以現在這個書寫的時間點，她先生只和她交往五年左右而已）幾乎是有責任、有必要的把她完成，這是我對她那段殉身無悔的陪伴僅僅能回饋的事。當然故事裡的芽子，並不等於就是她的全部，甚至在情節當中，也許不到百分之二十是與現實世界相符合的（是否由我說了就算數呢），不過我對於芽子的認識，或者是說對於她人格上的期待，會透過書寫的濾鏡，將芽子成為文學上的美學。我期盼我能夠做到這樣，即便她現在是個偏消極厭世之人，但不是的，從前的她不是這樣的，十五歲的她，二十一歲的她，二十七歲的她，都不是這樣的，我清楚明白。我必須要還原那個心智與靈魂尚未產生質變的她，最無私奉獻、與世無爭的她，確確實實的生活在這個世界上、活在我的生命裡。必須最少要是十多萬字的文學小說篇章，記錄下來的也不會是我對她、或她對我的愛，而是讓她以另一種形式，活在另一個適合她的故事裡，唯有這樣才能夠將她的靈魂保存下來。

我在想這樣的事，散文能不能夠做到，或者是說兩者做到的面向不一樣，但小說的篇幅長，能夠書寫下來的神形、血肉、性格、靈魂便較為豐富，如生命之樹的根鬚無限蔓延擴張。散文能夠保留的是極簡的形式、情感的剎寂，或是有節奏的慢板。這是我的理解。芽子之於我生命故事的篇章太長，也是一個根本的原因。

芽子真的存在過嗎？有時候連我自己都懷疑，為什麼有些東西可以忘得一乾二淨，還是說這才是人類一生的本質——過濾、洗淨、忘卻。人真的可以活在一個完全架空的故事當中嗎？

芽子的故事暫時沒了，她離開我後，我遇見了mei。相較於從未交往過的mei，也許一個段落，我就能夠將她交代完畢。

現在已經不愛了，但我想起當時愛上mei的時候，那種盲目近乎自我催眠，或者該說這就是愛情的本質，賀爾蒙催情素不斷的告訴自己有多愛這個人的全部。那時就算她是個槍擊要犯，我應該還是會愛上她，盲目的合理化，好像沒有辦法不愛這個人，不管重來幾次都一樣。或許在故事裡，她真正就是個槍擊要犯呢？

那時我剛從學校離開，也快三十歲了，沒有存款，月薪三萬，和交往快八年的芽子分手過半年，才對大兩歲又冰冷美麗的mei，有著某種一廂情願的癡情。愛上一個人不用找任何理由，愛上了就是愛上了，每天在辦公室坐在前面位子的她，頻繁且友好的互動，實在讓人不得不的陷入斯德哥爾摩症候群，每天因為她而神傷、患得患失，告白示愛後求而不得，又拼命的想討好她，我說服她，請她不要拒絕我，也不用答應我，在情感投射上綁架我就好了。多年後我在想這會不會是偏執的偶像崇拜、追星的執念狂熱。當下不得不的愛著她，生命中扣掉她之外，就沒有任何寄託了，誰都不是，誰都不可能，誰都沒有資格，就只有mei有這個本事，冷靜的她舉止溫柔，在我眼裡完美的她，在多年後卻從一些人的口中聽聞，性格雙面的她善於接近權利並成為核心的一員，不參加沒有益處的社交，沒必要的場合，會在適當的時候離開，過慣獨自的生活。這些我都明白，患有心臟問題且家貧的她，在高中時期被迫與家人分離，成績好的她大概也深受影響，沒辦法專心讀書，投居在友人籬下，用她自己的生存方式存活。即使我並不愛她了，但我仍然覺得我自己可以理解mei，至少我並不想用苛刻的眼光看她。許多朋友為我抱不平，說當初她就不該跟我示好，說自己沒有交往對象並和我曖昧，最後卻又選擇了那個對象（過了幾年後也分手了，mei

有帶他參加過我學姊的婚禮，學姊說是個其貌不揚的人，看起來不搭不配的。我心想竟比不過這樣的人呵）。深陷的我不得不獻媚討好，每天情話，週週送禮，搞得上班沒有上班的品質，下班又極度嚴重憂鬱、忌妒與神傷。朋友的不平我多少能理解，但我更同情被我愛上的mei，我想她躲也躲不過，只能夠走一步算一步，見招拆招吧，是我用追求她換來她對我的注意，偶像崇拜就是自己因對方的一次注意、一個眼神，連命都可以抵上去的。

我也寫過一個一萬兩千字的短篇小說，試圖把mei保存下來，但數年後回頭看，因為對她的陌生，導致對她的想像多處失真，許多發生的情節不再熱切，只有自己的情感面一分一毫的被我自己書寫記錄下來了，我怎麼愛這個人，我愛的感受是什麼，我怎麼應對與接受得不到的愛，都讓我寫下來了。有些情感已淡然遺忘，有些事件不再追究，對mei的想像猶如所有未發生的愛情那樣千篇一律。也許愛情就是這樣的東西。

未實質發生過的，就不算愛情嗎？亦或愛情的本質，本來就是一個想像出來的天堂，是曖昧的、魔幻的、虛無的，即使沒有發生過任何事情，愛情依然存在（這竟是愛情詐騙匯款最核心的要素）。一個人會經歷過多少未曾發生過的愛情呢？在一部電影或一部劇結束而淚流潸潸、不能自已的情緒張揚裡看見的，會不會就是自己心底被觸擊到最深的愛情？僅在發生的短短一瞬，即是永恆。

如果芽子、mei都是虛構不存在的，那媛呢？是否又是一部極短篇章的小說，在沒有起伏的情節當中，寄託可能存在過或不存在過的，情感？如果事過境遷，媛就會成為一段時間的紀實刻度、一個稱不上是愛情故事的代名詞。就像有整整一年的時間，我覺得我這輩子最愛的就是想愛但仍愛不到的媛，在她選擇了別人而沒有選擇我的半年來，沒有一天不悲傷，沒有一天不沮喪，沒有一天不酒醉，沒有一天不哭泣，覺得人生好像失敗了一場最重要的試煉，好像這輩子所有努力，都是為了讓這個人在這一刻愛自己、選擇自己，卻又再一次的落選。

和媛最近的一次，我們開車到三地門用餐，算是一個心意試探的約會。那天確實是個很棒的約會，相偕走在半山腰的景觀餐廳，風從綠意山林吹來，她的長髮因風而起，我們談著彼此沒有對象的單身。回程時，她忽然提起上一段感情的事，媛欲言又止，難以啟齒的說有一些事情也許會改變我對她的看法。第一時間我就有猜到，問她是不是人工流產。媛高中時與大他四歲的男友交往，到去年共維持了八年。能發生的都發生過了，被劈腿，前男友哭著求原諒。這已經是流產後的決裂事件。對方還染上了病，傳染給了她。媛和我說當時她覺得自己很髒，別人的愛情都很夢幻，自己卻遇到種種愛情的不堪。走進診療室，醫生的異樣眼神與冷漠，都讓她覺得羞愧難堪，那次醫生連提都沒有提，在媛沒有預期的情況下幫她做了刮宮治療。坐在副駕駛座的她和我說，痛得沒有辦法描述。一邊要接受感情的背叛，一邊要和前男友共同治療，她努力開朗得承受所有陰鬱委屈，對自己的家人三緘其口。

聽到這些突如其來的秘密，我知道我陷入在她對我的無盡信任裡了，否則她不會對我說這些藏在地窖最陰暗的心底話。媛知道我是可以信任的，無論我和她的關係為何。這些秘密像沾了蜜糖的手銬腳鐐，讓我心甘情願的被銬牢，我知道媛可以值得更好，她不該被這樣對待。我願意用餘生守護一盞曖昧不明的燭燈。

這次約會的一個月後，媛有了決定，和L先生交往了。我和媛是生活圈的友人，所以很常見到，聽她分享和L先生的熱戀，聖誕節吃築間牛肉鍋，跨年到鯨魚河岸看煙火，媛問我情人節送L先生CK的內褲會不會很奇怪，問我雞精好不好喝她想送L先生（因為和他玩手遊玩到天亮），分享她想去泡溫泉的心情，分享前男友因為當爸爸了最近要舉辦婚禮，分享生活中的種種一切。我默默聽著，媛將我送她的手機殼（印有和她單獨去山地門拍的測影）每天都攜帶使用著，我們的關係大概就僅限於此。我知道她喜歡的東西很多，我只是其中一種喜歡，但就沒有更多的喜歡了。

聽的當下我並沒有感到難受，更多的是她所分享的喜悅、單純與快樂，不過寂寞就像一劑注入心臟、隨時讓人瘋狂死去的藥，我沒有任何可愛的人，眼前的媛就是最好、最完美。我曾寫下語錄字句：「如果我們找到這輩子最愛的人，事情就簡單多了。只要一直等到她就可以了，等多久都沒有關係。反正我們也只想愛她，沒有別人。至少現在是這樣。」在IG獲得了一千多個讚。還有另一段：「這些悲傷，經常讓我忽然大哭，但不知道為什麼，我特別喜歡這些走著走著的大哭。原來，只要是和妳有關的情緒，再多糟糕，我都喜歡，我都願意。」我一直記錄著或許是我、或許不是我的點點滴滴，用新身分發文，隱藏了我的性別，有百分之五十六的讀者認為我是女性，這樣的認知讓我也看見了陰柔雌性的自己，我一直都是這樣的人。

你的分享，感受，秘密。
你的依賴，習慣，訊息。
你的喜好，美食，旅行。
都是你的喜歡，包括我。

也終於明白，你從未真正愛上過我。

如果這是小說情節，那也許就能把一些事實給藏在這個虛構的技法裡，我討厭寫散文的原因是，討厭情感的自我揭露與事實探究（雖然這兩者恰好也是散文抒發己意、保存史料的最大優點）。而且最好只書寫過去式的事件，現在進行式、未來式等正在蔓延發生的事情，最難以捉摸，情感尚未終結，事實無法一語論定。

就像我和媛的事情吧，一切都還沒有個定局，我也還沒有離開有她的故事，但我希望下次提起時，能夠繼續敘說她的故事，無論是用散文的方式，或是小說。散文之所以為散文，就是希望在有限的篇章，把一件事、一份情感做個定奪，我為此活得很痛苦，所以我想要這麼做，在我還活著的時候。

一一一年度陳哲男校友文學獎小說類第二名

百分之百的杏子

◎杏子啊杏子

天已經很亮了。

被陽光照到，也沒有任何的疼痛，光從亭仔身上透了過去。

不怕光，和傳言中的不一樣。橫躺在半空中的亭仔心想，不需要睡眠，實際上並沒有感覺到累。但可以讓自己進入睡眠狀態，因為感到很無聊，所以這麼做。

亭仔回想著那些需要自己到學校去的時光。

上午七點半前到校，下午四點五十放學。超過九個小時的在校時間，唯一讓亭仔感興趣的是坐在前面一個位子的杏子。只要看見她，彷彿就能夠聞到杏子身上的體香似的。

杏子並不叫杏子，只是她的名字裡有一個杏字。那是亭仔幫她取的小名。同學都叫她小杏，只有自己叫她杏子，亭仔竊喜於這個專屬用語。

每天上課自己就這樣默默注視著杏子，就像無尾熊要吃尤加利葉之必須。如果沒有見到杏子，那一整天就等於白費，但品學兼優的杏子不可能不到學校裡來，是個全勤的好學生。她總讓亭仔想起漫畫《草莓百分百》裡，個性很認真、想要當個烘焙師傅的西野司。

西野司主動向主角真中淳平索吻，她慢慢解開了自己胸前的扣子，問淳平要不要。燈就關了，沒有畫出發生什麼事。亭仔渴望女體主動獻身的機會。

杏子和西野司都有著可愛的瓜子臉，感覺不管遇到什麼事都是認真型的。杏子的頭髮並不是鵝黃色的，兩人的眼睛卻是一樣的萌。杏子萌翻人的眼瞳，亭仔從來沒有機會正視，只能在她走進教室或在走廊上經過時，用不容易被發現的餘光匆匆一瞥。那已經不能夠被稱之為看。

整齊瀏海底下的杏子的眼瞳，確實能夠讓亭仔在深夜沐浴自瀆時，許下一些難以言喻的心願。萌。在亭仔那本窘迫的字典裡除了萌字以外，找不到更適切的詞了。杏子給他的感覺就是萌。萌對於亭仔有許多定義，那是一種情慾上微微出芽、要發不發的感覺。萌貼近可愛，而且必然是動畫式的存在。萌萌的杏子，在亭仔的想像中，可以為自己做任何超出萌萌的事情來。

不知道杏子現在在做什麼？

想到這裡，亭仔決定要到學校去一趟。

◎慾望總是介於有或沒有之間

他飛出窗外，發現不知道為什麼自己第一天就能夠掌握到飛行要領。似乎可以讓自己飛得很高，但現在沒有必要。沿著街道上方，經過房舍，穿越牆壁，一下就到了學校。彷彿體驗飛行的這件事情，都沒有找到杏子那麼重要。

仍是上課時間，杏子就坐在位子上。亭仔同時也看到了趴在杏子後面的位子，那正睡覺的自己。

亭仔穿過杏子前面的同學，蹲了下來，與杏子面對面。

第一次那麼直接看著杏子，明明聞不著味道，亭仔卻感覺到和平常一樣的杏子的體香味，像火山岩漿般湧了上來，還滾熱著。他湊上臉去親吻杏子。當然什麼也感受不到。

他靜靜盯著杏子。像藝術家一樣的在一幅畫前端詳著，就算耗盡幾個世紀也沒有關係，亭仔無可自拔的看著她。蹲久了也不覺得哪裡酸、哪裡累，可能也是現在體質的緣故。

下課鐘響，杏子起身離開座位。杏子和最要好的、叫做菜菜的女生，一邊說著話，走往走廊盡頭的廁所。菜菜是班上數學最好的學生，據說她父親在大學裡擔任數學教授。

亭仔也跟著杏子進去廁所隔間。

他看著上廁所的杏子。但仍沒感覺到和慾望有關的東西存在，亭仔覺得不只是人透明化了，連心好像也有些透明化了。像玻璃杯裝著自來水那樣。

但沒有慾望的自己為什麼跟了進來呢？

他繼續覺察身體上的情狀，並沒有半點動靜。沒有想要勃起的感覺。事實上似乎也沒辦法勃起了。想望和慾望被分割，獨立出來了。

亭仔想到自己有時候並不是因為性慾來了，才上網逛色情網站，而是身體裡有一扇門被打開了，裡面冒出了一個人，呼喊著，哈囉，現在可以進去了，裡面沒有人喔。他就會連上色情網站，並且讓自己射精。而且不只一次，有時候可以很多次。

並不是因為真的很想要，而是當下覺得可以繼續想要，的那種心理情狀。好像可以繼續想要。

現在有類似的感覺出現了。體內的門又開了。進來囉。亭仔不得不這麼近距離的看杏子上廁所。無關道德，沒有羞恥心的看著她，鬼魂似乎也不需要這些東西。

但自己現在是鬼魂嗎？

◎像柯基犬和沙皮狗的不同

杏子背著紅色女用書包，走到校門口，搭上了一台銀色小客車。亭仔相當安分規矩的坐在她旁邊。

開車的是她的母親，兩人一路上有說有笑的。

真羨慕這樣的親子互動，果然是家教極好的可愛女孩，就和西野司一樣。亭仔專心觀察著汽車的行徑方向，出校門沒過多久便上了交流道，正值下班下課的尖峰時段，塞車。

收音機播報著一名四歲小女童被精神障礙者殺害的即時新聞。杏子和母親憂心聽著，並不時交換意見與看法。兩人都露出心痛的表情，並為小女孩哀悼。沒有對兇手說出刻薄的批評之語，但譴責還是有的。

車子開入車庫停妥，亭仔尾隨杏子，匆匆走過乾淨的客廳，二樓有一架鋼琴。到三樓的房間，杏子丟下書包，打開衣櫃，挑了衣物，走進浴室洗澡。

亭仔也跟了進去。杏子洗澡的習慣是從頭髮開始的，和自己一樣。在手中抹了抹洗髮乳，起泡泡以後才抓上頭髮。她有著不明顯的乳房，腋毛刮得很乾淨。陰毛長得很整齊。

亭仔才發現自己也是赤裸的。也許從昨天就這樣了，並不覺得太奇怪。自己的陰毛長得很雜亂，兩人有著截然不同的陰毛。像柯基犬和沙皮狗有著完全不同的血緣那樣。

杏子沖完頭髮以後，接著在粉紅色沐浴球擠上沐浴乳，讓沐浴球在白皙的皮膚上滾起許多泡沫。她繼續刷抹著身體，從腹部到大腿、小腿、腳踝，有著機械式的程序。最後簡單抹過陰部。沖水。

沖完水後，杏子用素色浴巾把頭髮和身體擦乾，將蕾絲花紋底褲從右腳先套進去穿上，穿上運動型白色內衣，換上輕便的上衣和短褲，用毛巾將頭髮包起來，走出浴室，坐在書桌前，打開筆電電源。亭仔已經坐在她的床緣。

書櫃和書架上擁有很多的藏書，除了平常可見的教科書以外，還有一些雜誌，和一整排的小說。雜誌看起來都和女性衣物飾品有關，小說則都是亭仔不會感興趣的東西。他看到馬歇爾的《分身》，《紅樓夢》和《西遊記》的精裝本，其他還有金庸、九把刀和村上春樹的小說，《盜墓筆記》全套，剩下的亭仔就沒特別注意了。

跟蹤杏子一天下來，已經做到了最大限度的無隱私入侵，但自己沒有跟蹤的心，也沒有偷窺的欲望，單純只是對杏子感興趣而已。自己只想這樣靜靜跟著杏子，無來由的，以一個類似守護神的模樣。

但要是讓她知道了，大概一輩子都不會原諒自己吧。

不，亭仔轉念一想，不是有這樣的情節嗎？女主角得知自己被鬼魂守護許久，心想自己和對方朝夕相處了，鬼魂一定是最了解自己的人了吧，自己已被一覽無遺。也許再多跟蹤幾天還會發現杏子也有自慰的習慣。不管如何，所有的秘密都已經被鬼魂知曉了，女主角會像電影情節般愛上囚困自己的人那樣的，也同樣愛上跟蹤自己的鬼魂。

嗯，並不是沒有這樣的可能。

亭仔悠悠晃晃的想，這樣真好。

◎一個聊過就消失的話題

坐在書桌前的杏子，在桌旁放了幾本書。那是國文和數學。她先從英文開始讀起，一邊用電腦上網查單字，一邊在課本上面寫上筆記。用了不同顏色的筆，亭仔看了一下內容，似乎是還沒有教到的部份，所以是在預習。難怪每一次都能夠在老師提問後舉手回答問題。

把數學算完的杏子，開始上網和菜菜聊天。

聊天的內容都和班上發生的事情有關，還有功課上遇到的問題。

杏子和菜菜說話還滿生動直接的，亭仔驚覺簡直是完全不認識的杏子。在視窗裡經常會看見杏子用哈哈哈、呵呵呵、顆顆顆等語助詞，也會用哩厮幫幫忙、挖災等等閩南用語。講三、五句就會附上貼圖表情。偶爾也會靠來靠去，講一些小髒話。

原來杏子是一個喜歡聊天的人，而且擅長聊天。亭仔真想用筆記把這些都記錄下來。但現在只能靠腦袋去記了。

當她們開始聊到自己時，亭仔吃了一驚。就像有心跳似的，胸前忽然蹦了一跳。

「今天他也睡了一整天耶。」菜菜說。

「是啊，真會睡。」

「但今天沒有打呼。」

「的確沒有打呼。」
「睡得很香。」
「嗯。」
「真有趣。」
「嘿啊。」
杏子傳了一張熊大的貼圖出去。
亭仔一直盯著螢幕瞧，有時候困窘的看杏子一眼。
就這樣沒有了。
亭仔想知道接下來還有什麼是關於自己的，但再也沒有和自己相關的訊息出現了。
自己只是一個聊過就消失的話題而已。
菜菜和杏子簡單的聊了幾個同學，八卦一下有點曖昧的人，重提上課一直在搞笑的傢伙。叨叨絮絮的，言不及義的話很多，重複說過的話也很多。感覺聊天對菜菜和杏子來說，過程是重要的，但內容就算換成是老師說的笑話、早餐吃了什麼、星座、血型、隔壁班的同學，也都可以。
多希望自己成為下一行出現的話題。
「杏子，妳洗澡的時候很性感、很漂亮。」
亭仔也想和杏子暢所欲言的聊，但他們之間就像沙漠與海水、模特兒與骷髏、棉花棒與烏茲衝鋒槍之類的配對，相當異常且遙遠。根本就不會是同一個層次的存在。

杏子就像漫畫裡的西野司，在現實生活中最多只能成為自己的一張海報，或是一張打開電腦就可以看見的桌布，僅僅如此。西野司確實活生生存在著，只是她只活在《草莓百分百》而已。

杏子的世界，沒有自己。這就是結論。世界上有一部作品叫做《杏子》，現在只有亭仔看過。

但那不像真的，又是真的。

那是亭仔自己手上擁有的漫畫書。

熄燈後，杏子躺上床去，在棉被裡滾了兩下，緊緊的抱住棉被，閉上眼睛，等待睡意的襲來。

亭仔知道她並沒有馬上入睡。有時候用腿夾著棉被，有時候又把棉被踢開。似乎再找一個適合入睡的溫度，可能是某種冬眠性狀態。夜晚想要找到適切溫度的杏子。應該是棉被太厚了，換薄一點的可能又會太冷。她大概在煩惱這個吧。黑夜中杏子又打開手機，瀏覽網路一下才睡著。

和菜菜抱怨自己今天沒讀國文。晚安。

沒讀國文，究竟有什麼好在意的？亭仔躺在杏子的旁邊，也在找一個適切的溫度。他並不覺得今天有什麼是未完成的。

亭仔有著此生最滿足的一天。就像在荒島上吃了數不盡的生菜與野果的第一千個日子，終於獵到了一頭肥沃的山豬那樣，可以烤，隨便自己怎麼吃，都可以。

◎時間走在正確的位子上

天亮以後，亭仔才知道今天是週末。

有人星期五的晚上在用功讀書的嗎？杏子的一天真是讓人匪夷所思。

原來今天是假日。

亭仔總覺得自己忘了一件很重要的事情，但想不起來。假日，有什麼重要的嗎？星期六，睡到自然醒，因為昨晚一定會上線守城，不讓其他血盟有任何機會。身為百大會長，必須非如此不可。那是賭上榮譽與驕傲的一刻，不能讓其他人趁虛而入。

他看見還在睡覺的杏子，就算體內有千萬層極地寒冰，也會瞬間被融化掉的。不能夠不心動。在學校待了一星期的杏子，也會因為很累而賴床。杏子的媽媽並沒有來叫她。不需要睡覺的亭仔，半醒半寐的陪了杏子一整晚。靜靜盯著她瞧就很心滿意足了，不需要進食，用看的就能填飽胃那樣。杏子是很重要的精神糧食。

亭仔還是親了她很多下，但沒有辦法真正用嘴唇碰到杏子的嘴唇。不得不親，杏子的嘴唇發出要親吻她的信號，不得不的。嘴唇一整晚都在盼望著自己，也因此感覺夜晚並不太長。

利用深夜，亭仔也在這附近晃了一圈。因為不用睡覺，而且無聊。

並沒有什麼值得自己注意的。高速公路就在出去外的那條馬路，旁邊有一個極小的不能稱上是公園的公園。家的前面是一間國小。隔壁養了一條土狗，亭仔戲弄了牠很久，都不見有反應。狗會看見鬼魂也是騙人的。

除此之外，亭仔並沒有跑到更遠的地方，幾乎一整晚都在杏子的旁邊與嘴唇之間徘徊。對他而言，親吻已經不具備任何意義了。不是慾望，不是想念，也不是禮儀。什麼都不是，亭仔單純想要這麼做而已。

這是最重要的事情，要比守城重要太多太多了。什麼百大會長，太虛幻了。亭仔忽然有所領悟，如果自己的生命真真切切被杏子走過一遭的話，此生無悔，什麼都可以放棄掉。先前的自己，全然都是白活的。

星期六。

星期六，是假日，杏子一早起床，實際上看見的第一個人就是自己。

亭仔想起來了。

今天是假日。

那表示時間一直走在正確的位子。

亭仔想起自己變成這樣的時候，一如往常的，時間仍然在原來的軌道上。

而且真正的自己確實還存在著，甚至可以說，還活著？。

現在並不是追憶自己，眼前看到的一切，都正在發生，不是過去式，不是未來式，是現在式。

這並不是神所給予回溯的一天。

自己一直以為，只是某一個追憶的片段，是一個過往的時刻。但並不。時間仍正常運行著，每個人都各自在自己的時間軸上前行。從第一眼醒來看見的，都是真實的。連慢一秒都沒有。

亭仔看著還在熟睡的杏子，想起她可愛的乳房和好看的陰毛。和自己有著徹底不同存在的杏子，柯基犬與沙皮狗。這一切必須都要是真的，且持續發生下去。否則這些經歷過的，全都像是落葉一般的，對於秋天來說已經不算數了。

所以那個還在活動的自己，究竟是誰？

亭仔必須要回去確認這個答案。

杏子熟睡的臉有著嬰兒初生的美好，亭仔又親吻了她一下。

「杏子，等我。」

◎沒有開始也沒有結束

往家的方向，經過在住宅區旁自耕農所種的農作物，這一帶許多荒地被幾戶人家妥善運用著。整條街上安靜的像還在賴床的杏子。十點的陽光把馬路曬得微亮，但亭仔感覺不到溫度。

到了。亭仔看見自己的家，逕自從三樓的窗戶飛了進去。電腦前，自己仍然打著遊戲，正在殺怪打寶。只見劍士一刀一刀對著巨大綠龍蠅砍擊，隨後打到了金幣三百四十九元和一張回家卷軸。

這是自己沒錯，亭仔看著對方熟練操作著劍士，在這一區打轉亂繞，確實是自己平常在龍之洞穴練功的習慣。

亭仔伸出手，用力從對方的後腦勺狠狠拍擊下去。手撲了空，穿過了對方的身體。他繼續瘋狂的用肢體動作碰擊對方，像貓揮動爪子對付一支逗貓棒一樣。也坐不進自己的身體，都只是彼此重疊而已，自己的存在就像個殘影，鬼魂一般的殘影。

完全沒用。

毫無辦法的亭仔靜靜躺著，長嘆了一口氣。也許這樣也很適合我。

可以一直和杏子在一起。

鬼魂不應該有情緒才對，但我並不是鬼魂。

亭仔像洩了氣的氣球一樣，沒力氣的坐在高中的屋頂。操場上似乎有體育班的學生，正穿著短到不行的運動褲慢跑著，黝黑的皮膚上都是汗。他靜靜躺在屋頂，眼睛直視太陽也沒有刺眼的問題。

太亂了，沒辦法思考。這一切沒有開始，也沒有結束。像第一次烹飪那樣的不知道從何處下手，但亭仔這輩子沒有煮過任何一次飯，都是母親煮好叫他從樓上下來吃的。

亭仔決定先重新找到杏子的家，他知道現在最重要的就是杏子，自己只要待在那邊，就一定會想出辦法的。

如果沒有想出任何辦法，亭仔也覺得，那似乎也很好。

總而言之，必須要先這麼做。

亭仔義無反顧飛往了西南方的方向去，那裡是有杏子所在的地方。他心想，也許明天，自己就會徹底消失，像是沒有了故事一樣，但他也管不著明天了，今天有杏子，就也算是活著的一天。

一一〇年度陳哲男校友文學獎小說類第二名

和檸檬的修課生活

是一門教育概論的課。

這天檸檬遲了二十分鐘才進教室，面無表情的在阿溫身旁坐了下來。五月的高溫，像是會螫人的蠍子，常讓人又熱又痛。直吹的冷氣冷得像寒地一樣。阿溫坐下後發現選錯位子，只好起身拿遙控器，將冷氣溫度調高。進入到寒帶的檸檬，露出好涼快的表情。那是南極企鵝無憂無慮時會有的表情。

「討厭的車管會。」檸檬說。

「可不是。」阿溫回應她。

檸檬停在校內的機車被車管會拖吊了。

除了明顯不夠的停車格外，許多學生為了趕時間，偶爾冒險直接把機車停在宿舍樓下或學術大樓外的馬路邊。要是恰好遇到巡邏的車管會，就會吃上一張罰單，並親自到辦公室繳費與領取機車。

以行政層面來說，維護校園品質是理所當然的。但車管會終究還是全校學生內心最不討喜的單位。

「四百塊，可以吃不錯的一餐。」阿溫開玩笑的說，像是在報價。

「是非常好的一餐。」檸檬靠在他的耳旁說。說話吐出來的氣，阿溫的臉頰清楚感受到了。

檸檬每次講悄悄話都這樣，有時候她的頭會直接靠在阿溫的側額，表示那天有點無奈、或是有點累了。又或是一早起床壓根還沒睡飽。

「吃飽絕對不是問題。」阿溫又說。

「我簡直餓了，想把四百塊錢吃回來。」

他們小聲交談著。

坐在第三排的阿溫知道，其實他們算是坐在第一排了。

教室前兩橫排的位子是空的。兩人細細交談著，後排的修課同學都會看見，不知道會不會被誤會成情侶。

阿溫覺得這樣被誤認其實滿好的，不知道檸檬是不是也這樣想。

「完全同意妳說的，我被拖吊時，也想好好吃一頓。」阿溫也有同樣的慘痛經驗。

「所以我說的對。」檸檬動了動她那輕巧的眉毛。

「當然。」

「不過還是算了，省一點好，我怕胖。」

「妳哪有胖，多胖。」

「我不要告訴你。」

「有五十嗎？」阿溫不帶聲色的問。

檸檬笑了出來：「超過。」

阿溫其實也知道一定超過，但猜女孩子的體重，本來就應該這樣猜。

檸檬看起來大概有五十出頭的體重，但維基百科告訴阿溫，她實際上的體重是六十一公斤。

她可是個小名人，今年剛獲世大運女子團體組射箭的金牌，成了校方炙手可熱的人物。維基百科收入了她的相關資料，連身高體重也有。

他想檸檬身上沒有多餘的脂肪，低體脂肪會讓一個人的體重比實際看起來重的多。那是肥肉和肌肉的差別，一公斤棉花和一公斤的鐵那樣的差別。

「現代將西方哲學分為四個領域，形上學、知識論、倫理學與美學。」講堂上的謝教授，操作著投影幕的ＰＰＴ，講解著馬斯洛的需求層次理論。

分神的阿溫回到謝教授的講課，檸檬則專注抄寫著筆記。

馬斯洛的需求層次理論，由低到高，分為生理、安全、愛與隸屬、尊重、自我實現等五項需求。也有學說細分為七項的。

理論說要先符合低層次需求，才能進一步追求高層次需求。當然凡事總有例外。

謝教授在黑板上畫了一個金字塔，最底層是生理需求，最尖端是自我實現需求。

阿溫在筆記本上註記：

生理需求：食物、性
安全需求：不受威脅
愛與隸屬需求：愛與被愛
尊重需求：活得有尊嚴
自我實現需求：追求理想、信念、自我價值、美（昇華與創造）

阿溫想到一個「嗟來食」的典故。那是中國古代一名齊國貴族傲慢施捨食物給窮人，窮人卻堅決不吃而餓死的典故。自尊高於生理。

阿溫在筆記本寫上「嗟來食」三字，方便記憶。後世發展的理論，確實將前面的給推翻掉了。應該說是修正了。

謝教授講解著美學。阿溫的思緒停留在對於美的追求。

對於美的感受與衝擊，阿溫有過許多類似的經驗，其中幾則來自於戀愛。也許整個馬斯洛的需求理論，都能夠套進在戀愛的進程裡，變成獨一體系。

世上並沒有確實的戀愛理論，也許只藏於影劇或文學作品當中。一定是這樣的。阿溫轉著筆。戀愛涉及的層面太廣了，沒辦法用理論去駕馭。每一件理論只能沾到一點邊角而已。

阿溫搖搖頭，自己也不是戀愛專家，想這些沒用。

下課鐘響後，檸檬說要回去睡回籠覺了，現在才上午十點鐘而已。

「睡醒再去車管會取車。」她說。

◎

下午阿溫到校內的健身房重訓，遇到了檸檬。

他不常上健身房，覺得做重訓是一件吃力不討好的事。

阿溫注意到大家會結夥而來，也許就是怕無聊。他比較喜歡自己行動，機動性高一點，就像右腳踩在油門上，隨時可以出發。車上只有自己，不用等到誰上車，或是聽誰號令。

「車領回來了。」檸檬壓著重訓器，雙臂由外向內緊夾。

兩百磅的磅塊被她拉了起來。她以十六下為單位，總共做了五組。訓練胸大肌與肩部三角肌群。

「那就好。」阿溫說。

他和檸檬相互替換著，一邊聊天一邊重訓。

阿溫偶爾才會來一次健身房。他聽說無氧重訓佔了所有運動基礎的一半，另外一半是有氧運動。要從事有氧運動，跑跑步就可以了，但要進行重訓，健身房的器材比較齊全。他想要加強上半身結實的程度，讓自己看起來壯些。

阿溫的潛意識驅使自己增加性吸引力。他並不知道那是一種本能，導致即便他並不樂愛重訓，但潛意識告訴他重訓並沒有壞處。說不定還有意想不到的好處。

偶爾會有人來和檸檬打招呼、聊上兩句。大多是男生。她似乎是健身房的常客，認識了不少人。阿溫覺得他們多少有點來「撩妹」的意味。

來重訓的女生只有兩個，阿溫巡視了健身房，檸檬就佔去了一個名額。更遑論檸檬長得不錯，綁著一頭馬尾，穿著平常可見的灰色排汗衫。她擁有非常好的曲線。

即使不認識檸檬，只要是男生，一走進健身房，也會立刻發現身形姣好的她。阿溫知道她是個不容忽視的存在。

阿溫覺得檸檬拉的磅數偏高，導致他做起來其實有些吃力。輪到他操作時，阿溫也沒有調整磅數。每一組他都極為勉強的拉到八下。

不能輸給女生啊。阿溫使上了全力做，又讓自己的表情看起來稀鬆平常。自尊問題，也是魅力展現。

四十五分鐘以後，他們一人騎著一台有氧腳踏車。

重訓器材大致已做過一輪，阿溫心想腳踏車大概會是今天最後一個項目。

「你喜歡重訓嗎？」披著一條大白色毛巾的檸檬問阿溫。

「心血來潮，想要換換心情時才會來做。就像剪頭髮換髮型那樣。」阿溫看見檸檬馬尾下的脖子，有著一顆顆透明剔透的汗水，緩緩滑入大白色毛巾，被吸乾了。

「我是因為必須做才做，所有體育選手都非如此不可。」

「為了變強？」

「是啊。」檸檬聳聳肩。

「我雖然不是選手，但也會想讓自己變強。」阿溫感到今天訓練的手臂好像又強壯了不少。

他知道那一定是錯覺，就像偶爾一天吃素就覺得變得好健康那樣。檸檬一定沒有這樣的錯覺，因為她經常重訓。

「我想重訓對游泳也很有幫助，天氣熱了，游泳會很舒服。」阿溫說。

「游泳很好，各方面都有幫助。」大毛巾被檸檬用得相當盡興，應該相當濕了：「也許我們可以一起去游個泳，涼一下。」

「妳看起來似乎非常會游泳的樣子。」阿溫覺得。

「怎麼說？」檸檬的語氣上揚且輕。

他慢慢踩著腳踏車：「如果妳不擅長這項運動，就不會提議。這表示妳對游泳挺有自信的，至少不只是在岸邊打打水那樣？」

「也許吧，但你只說對了一半。」檸檬露出讓阿溫猜不透的笑：「我確實滿會游泳的，國小就學了。但就算只會在岸邊打水，還是可以找你一起去游喔，在岸邊打水也可以聊天，不無聊的。」

原來如此。阿溫說。

「你的想法很男人主義，會顧忌強不強這類的事。我們女孩子沒有這樣的顧慮，想做什麼，和誰做什麼，隨意自在，沒有太多拘束。」

「嗯哼。」阿溫雖然不想承認，但似乎被檸檬說中了。

「就這麼決定了。」檸檬敲了敲阿溫的手。

兩人在門口的飲水機裝好水，從置物櫃領回各自的物品，檸檬就先離開了。阿溫才想起來，自己並沒有檸檬的電話號碼。

只好下次上課再問她了。阿溫嘴靠保溫瓶口，又喝了一大口水。天氣確實熱得不像話，離開有冷氣的健身房後，就像進入了烤爐一樣。

游泳，真是個不錯的想法。

◎

左邊是男性更衣室，右邊則是女性的。

將泳褲穿在短褲裡的阿溫一下就換好了。把換下的衣褲裝進他專門用來運動的紅色包裡。它有時候會用來裝桌球拍。

戴上蛙鏡，千度近視的他有了安全感。把包包鎖進投幣式櫃子後，將有條細帶的櫃子鑰匙套在手上，進了浴室沖水。

室外游泳池往東看，可見西子灣的大海。

學校面山背海，常會有觀光客搭著遊覽車進到校園裡來。後背的柴山也有許多登山客和獼猴。阿溫就喜歡學校這樣親山愛水。他在游泳池邊低壓腿、拉筋，一邊等著檸檬換好泳裝。

一個穿著黃色比基尼的女孩，從女生更衣室那裡走了出來。鵝黃比基尼胸前有著像是繡球花的樣式。帶著泳帽，沒露出一絲頭髮，但他知道那是檸檬。

阿溫感到肚腹與心窩之間有一點小小的熱能，像大滾的水必須要關成小火那樣。那是一搓小小的火，溫煮著自己。

他調整著自己體內的小火焰，忽然相信可能真的有什麼「心輪」存在體內了。自己確切感覺到那樣的東西。

檸檬在阿溫身旁開始拉筋。阿溫很怕自己被燙到，眼睛直視前方，繼續做著暖身。他做得相當專注，深怕自己的思慮有一絲鬆懈，必須要認真做才行。

檸檬的腿上沒有多餘的贅肉，結實而光滑。阿溫每一次暖身都是從扭頭、轉肩、拉臂、壓腿一路做下來，最後再扭腳轉腕。每一次都是如此，無不例外。

他專心的再把這些做了一套，配合檸檬暖身結束的時間。

「一起下水吧。」檸檬發號施令。

阿溫抑制自己的眼神，盡量讓它不要到處亂看。

他們沿著泳池的鐵梯進入到池水裡。

阿溫開始讓身體適應冷水的溫度，原本點燃的那小小焰苗也讓水浸熄了不少。是五十公尺的泳道。下了水的阿溫調整好蛙鏡，扶著岸邊打了一下水，做了幾次韻律呼吸。

「先游囉。」分不出檸檬是問句還是肯定句。

「待會聊。」阿溫的習慣，休息才是聊天時間。

阿溫蹬牆游了出去。他像一尾新生的魚，不算靈巧但也不拙劣的游了。他幾乎只游自由式，並想像自己是一尾有鰓的魚類。阿溫喜歡水。

游到對岸的阿溫又游了回來，這樣才算是完整的一趟。

回程時看見蛙式的檸檬，在水中有著非常流暢又健康的曲線。阿溫看見了一個真正的女人。

兩人在水中交錯，專注在各自的水中世界，成為自己的水族。

阿溫換氣開始覺得喘。他回到岸邊，大口吸氣與喘氣。該死。阿溫不想讓檸檬感覺自己是個游泳新手。他趕緊規律呼吸，讓自己恢復下來。真是太久沒游了。又做了幾次韻律呼吸，直到越來越舒適，以確保下一趟出去，自己不會再有溺水的侷促感。

「你有點喘喔。」檸檬回到了游泳池邊時說。

「怎麼會。」怎麼可能被看出來的，不可能。

再游。

阿溫又陸續游了幾趟。如果只游一趟就開始休息，會讓自己顯得很遜。五百公尺應該是基本距離吧。阿溫不斷在調整呼吸。

「要休息了。」以蛙式划回來的檸檬，不疾不徐的喘了一口氣，隨即恢復以往的呼吸節奏。

「可以休息一下。」阿溫覺得應該對得起自己的體能了。

從池水望過去就是西子灣的海域，但稍微被圍牆擋住了視線。空曠的雲朵，皴染過的陽光，大海就在前方咫尺可得的地方。

上方的遮陽蓬因為被風吹動而灑動了它的影子。

「課餘時間能夠游個泳，真是太舒服了。」檸檬用手掬著水，淋往自己的身上，好涼。好性感。

「尤其是這種熱天。」阿溫看著她白皙的後頸說，盡量讓自己的視線維持在脖頸之上，紳士禮儀。

「尤其是這種熱天。」檸檬重複說了一遍。

他們都把蛙鏡推掛在額上。

阿溫考慮著要不要問她關於射箭競賽的事，但感覺那牽涉成績上的隱私。就像別人問自己考試的分數，或是將來就業的打算那樣，感覺會讓對話流於表面，是比較容易得罪別人的問法。

如果有聊到再問好了，阿溫心想。

「女朋友，是學校裡的學生？」檸檬只是想隨便問一下而已。連她自己也不知道。

「是個上班族，行政職務，不過在北部，大了我幾歲。」

「怎麼認識的？」

「以前同校的學姊，後來在網路上認識的。大概是這樣。好幾個月才見一次。」阿溫說。

檸檬重複了「才」字。

「嗯，後來習慣了。」阿溫淡淡的說，已經很習慣了，沒有什麼特別的感覺。

檸檬用水抹了抹脖子。只要在水池邊杵一會，沒有浸泡在水裡的皮膚就會有些發熱。

「在網路上認識，約她出來，然後就交往了，像這樣？」

「就像那樣。」

「她對你一見鍾情。」檸檬的語氣聽起來非常篤定。

「也許吧。」

「不意外。」檸檬像是下結論似的。

阿溫在想這是個什麼樣子的結論。這個結論彷彿是一個藏有線索的箱子，令阿溫端倪許久。

「你也喜歡她。」檸檬用手划著水玩。

「喜歡。」阿溫看見檸檬的腿在水裡也很細長。

「那你愛她嗎？」

阿溫本來沒有回答，但還是又回答了。

「有時候愛，有時候只是喜歡。就像喜歡一件文具，或是一隻寵物那樣。喜歡一個人，或是一件東西是比較容易的。一直在愛與喜歡之間來回，像體內有一個節拍器那樣。」阿溫想，大概是這樣的吧。

檸檬劃著一個節拍器，左右晃動，滴答滴答數著拍子。好一個節拍器。

「愛的時候愛，不愛的時候是喜歡。」檸檬像是抽絲剝繭似的，從阿溫的意思當中，找出這個句子。

「喜歡有時候比愛還單純。」

檸檬本來好像要說什麼，或是問什麼，但後來止住了。

阿溫覺得今天游泳池好像沒什麼人使用，偌大的泳池，只有六、七個人。以下午來說，太少了。這麼好的一個池，真可惜，但也挺好的。海上的天色正好，像是漸漸要被完成的一幅畫。

「男朋友呢？」用同樣的問題回問對方，阿溫覺得是很安全的問法。

就像做心理測驗那樣。通常請別人測某個心理測驗時，實際上是想要別人知道自己測完以後的答案。究竟被歸納出什麼，究竟是怎麼樣的一個人。我是巨蠍座，所以我是什麼什麼，那樣。彼此分享彼此的答案。但最重要的還是，要讓別人知道自己的答案。

檸檬一定在等著自己問她的，阿溫認為是這樣的。也許是吧。

「分一陣子了。」檸檬說。

「是喔。」

「是。」

「嗯哼。」

檸檬像是想到什麼似的，又做了補充：「沒什麼特別的原因，覺得不適合了。」

「原因總說不清楚的。」阿溫的手在泳池裡划動著，學檸檬。他喜歡手臂通過水有阻力的感覺。皮膚也很喜歡水。

「就沒那麼愛了，沒有必要。」檸檬也學阿溫的手那樣划著水。誰學誰呢？

「沒有愛的必要。」阿溫看見另一位穿藍色泳裝的女生走去更衣室，準備著衣離開。陽光沒那麼烈了，可能是下午五點。

「是啊。有時候愛還挺困難的，各方面都是。」檸檬說。

阿溫看見泳池上空遮陽的捲簾緩緩收了起來：「嗯，因為各方面都說不清楚。」

「如果不需要說清楚，那就好了。」

阿溫想要知道檸檬以前的事情，但她不一定會說。她想說的時候，就會說了。阿溫想知道，但可以知道，可以不知道。

他們又蹬牆出去，游了一趟回來。游泳的時候非常適合思考，阿溫喜歡思考，將零碎的想法分類。游游停停，游游停停。

「在選手隊裡大多是認識的夥伴，如果相處不錯，對方也很有意思的話，很容易就湊成了一對。」兩人又開始在泳池邊聊天，檸檬說。

「就像一座島嶼上，只剩下一對長毛象，其他都是樹懶或是飛鼠。」阿溫說，和生活圈裡的人交往，通常是不得不如此的。

「像《冰原歷險記》？」

「是啊。」

檸檬點了點頭。

「一個人如果沒有選擇，那一定是世上最悲慘的事情了。」阿溫第一個想到的例子：「印度的種姓制度。奴隸出身的人，終其一生就只能是奴隸，毫無改變的可能。」

「每個人都要有所選擇才行。」檸檬說。

她從腦海裡的檔案抽出其中一份較私人的：「如果參加較大型的國外賽，就有機會認識到更多優秀的運動員。」

「嗯哼。」阿溫知道檸檬要說什麼。

「我曾和澳洲的選手戀愛過，不過賽程一結束，各自回到各自的國家，就沒有再聯絡了，也並不覺得奇怪。」其實她也和法國的選手愛過，但澳洲的比較難忘，那開朗的露齒笑。

阿溫轉了轉氛圍：「出國比賽還能談戀愛，很賺。」

「和我談戀愛的人才真的是賺到了。」

「我完全同意啊。」阿溫攤手。

游泳池的休息時間到了。整座游泳池就只剩下阿溫和檸檬。

夕陽被遠方的那片雲朵擋住了，這個時節天還很亮，沒有要晚上的樣子。

「兩個人的游泳池，也超賺的。」檸檬爬上泳池的鐵梯時說。她的空胃在提醒她要進食了。

阿溫看見她那優美的背影，僅僅一剎那。

「這我也同意。」

「下次再一起游泳。」檸檬提議。

「好啊。」

等阿溫換好衣服，來到游泳池的門口時，檸檬正騎著她的摩托車離開，還和他揮了揮手。

◎

跑步這件事情是一個人就可以完成的。

在任何想去跑步的時間，穿上門口那雙球鞋，要到哪裡跑都可以。阿溫喜歡這樣，喜歡跑步。想跑的時候跑。跑步是一個機動性極高的運動。阿溫一星期會去跑個兩次。

偶爾想要有種「大家一起跑」的感覺，阿溫才會去螢光夜跑一下。

暑假期間，螢光夜跑的活動就暫停了。每天晚上的九點二十分，是學校主辦螢光夜跑的時間。

每一次跑完，都可以到教練那裡寫下自己的圈數。學校期末會作統計，把一學期大家跑步的圈數，用電子郵件寄給有參加螢光夜跑的學生。

阿溫這個人喜歡和統計數據有關的資料，即使那是一份去年小麥價格的月份漲跌圖表。

真想找個人一起跑。

他今天有這個想法，於是問了檸檬。

上次和檸檬游泳後，就沒一起運動了。但還是會在修課的時間遇到她，兩個人坐在一起，放空或是聽教授上課。阿溫更喜歡放空一點。

阿溫播了電話。

「好啊，可以，我最近也都還在學校，幾乎每天都到射箭場去練習喔。」電話裡檸檬的聲音聽起來沒有變。

放暑假以後，阿溫有幾個星期沒見到她了。在感覺上過了很久。就像口渴了要喝水，恍然想起上一次到底什麼時候喝水那樣。

射箭場就在操場西邊，那觀眾席的後方，三樓，阿溫只經過過一次。那是去游泳池的時候，好奇走進去看的，畢竟就在旁邊而已。另一邊則是有四面場的網球場。

「晚上九點如何？」阿溫問。

「好。」檸檬想都沒想。

因為是暑假，操場的照明設備不會打開。不過還有路燈和籃球場那裡的大燈，不至於太暗。

等到籃球場的大燈關掉以後，阿溫才想起夜晚九點，是球場關燈的時間。操場忽然靜默了下來，原本已在跑步的跑者仍繼續慢跑著。眼睛還沒有適應黑暗，阿溫聞到海風的鹹味與船隻出入港的油味。

「還不算太暗，我跑過更晚的時間。」正在低壓腿的檸檬說。

阿溫也蹲了下去，將右腿打直，用手壓著膝蓋拉筋。

專心暖身是很重要的。任何事情都是。

即使黑暗，兩個人一起跑就不會有什麼問題。阿溫是很依賴光線的人。沒有光線，就連踩到什麼都不知道。千度的近視，總讓阿溫想到會踩到什麼，這一類的事情。

阿溫想好了隨時準備投降的說詞。他有預感自己追不上檸檬。這是從上一次游泳後得到的結論。阿溫的自由式竟然快不過檸檬的蛙式。但也無可厚非，選手都該要有的基本體能。阿溫對自己說，如果累了，就停下來說要休息，就是這樣，沒什麼好丟臉的。

心理打過預防針以後，跑起來似乎會坦率不少。

兩人暖身以後，並肩跑了起來。

夜晚的風，讓阿溫覺得舒爽。操場有些是暑假仍留下來的學生，有些則是來運動的民眾。操場旁的河堤打著西子灣的海浪，幾個男女生坐在河堤聊天大笑。

阿溫常運動，覺得體能上應該不致於和檸檬相差太多。而且自己是個男生，於是選擇跑在檸檬右邊的外線道。

他們逆時針跑在三、四跑道上，用只比快走快一點的速度跑著。剛超越了幾個一起在散步的婦人，和一個才慢下來的老人。也有個短褲的男生超越了阿溫他們。

阿溫的眼睛開始適應光線了。

隱形眼鏡因為是日拋，並沒有配置散光片。這令阿溫的夜間視覺降低不少。

他想如果是貓頭鷹就不會有這樣的困擾。貓頭鷹的瞳孔有著極多的桿狀細胞，對捕捉光影明暗有很大的幫助。錐狀細胞就不行了，那是用來分辨顏色的。

阿溫知道自己無論是桿狀或錐狀細胞，這兩種現在都不太行。

第三圈以後，他們的速度比一開始快得多，並維持這樣的速度前進。他們對於控速都滿敏銳的，每一圈大概用了一百五十秒左右。

第八圈的時候，阿溫的小腿已經像綁上鉛塊一樣，感覺上不太像是自己原來的小腿。重了一些。呼吸節奏也沒有一開始那樣自然順暢。

跑完十圈以後，檸檬停了下來說：「休息一下吧。」

她只稍微深呼吸幾次，就和一開始的狀態沒有兩樣。

阿溫在想是不是自己的喘氣聲，讓檸檬決定要停下來休息的。

他吐了好幾口大氣，慢慢調整呼吸。吸氣，吐氣。要讓呼吸緩慢下來，像月亮那樣不經意的悄悄移動。要讓呼吸聲不至於太明顯。

太喘了，這是。

他們並肩走在外側跑道。一位穿極短寬鬆短褲的中年人超越了他們。阿溫注意到他從一開始自己還在做暖身時就已經在跑了，可能在為馬拉松做準備。

「後來呢？」檸檬忽然問了一句。

阿溫不理解她要問的問題是什麼。

「女朋友。」檸檬說道。

「分手了。」

「是喔。」

「嗯。」

思緒在兩人的腦中浮沉了一下。

走了一小段路，檸檬問：「為什麼？」

阿溫想這是一個不容易回答的問題。不是沒辦法回答，是不容易。

「她經常不滿於現況。」

檸檬嗯了一聲。

「不滿意工作，不滿意生活，不滿意人生，常常在生悶氣。我們在一起的時候，她經常是那個樣子。」阿溫能夠感受到檸檬專注的表情，即使他自顧自繼續說著話：「我提議也許可以尋求心理諮商，但她認為那是她的事情。她說自己關在一個牢房，那個牢房沒有人能夠打開，因為鑰匙就在她手上。但她現在還沒辦法出來。」

檸檬仔細聽著。

「在抱怨的筆記項目裡，並沒有關於我的這個項目。但我認為我不是一個項目，我就是她生活的一部份。甚至是全部。所以如果不滿意整體現況的話，事實上也不滿意我。」

阿溫說得輕描淡寫，但自己感到不被滿意，還是會讓他有所沮喪。

「被不滿意的感覺很糟糕。」檸檬拍了拍阿溫的手臂說。

阿溫嗯了一句。

「因為所有的滿意，都是建構在期待上的喔，我相信你們對於彼此都有所期待。」檸檬的聲音很柔和、很好聽，她的手臂無意碰到了阿溫：「就像我上場比賽一樣，教練和家人都有很大的期待，但他們會盡量壓低那個期待。」

檸檬走了一小段，才又說：「成績不理想的時候，我就覺得我辜負了那個期待，被不滿意了。」

被不滿意了，阿溫只是下意識說出口，很小聲。他清楚知道被不滿意的感覺。

是啊，被不滿意了。檸檬也重複著這一句話：「但也沒辦法，畢竟所謂的期待，本來就不是容易克制的。那些期待會增加許多東西。並不是翅膀之類的東西，比較像是健身房磅塊之類的東西。磅塊會讓人強壯，但太多也是會讓人受傷的。」

「太多磅塊，根本舉不動。」

「是啊。」

阿溫的呼吸緩和了，可以繼續跑起來，但他現在已經不想要跑了。如果檸檬沒有提議，他絕對不會說要繼續跑。

「沒有磅塊以後，你覺得輕鬆多了嗎？」檸檬問。

她走路的步伐稍微加快了些，阿溫得提起勁才能跟上步伐。

「老實說，輕鬆很多，好多事情、好多念頭，都不用再去想了。」

「你喜歡現在這樣。」檸檬說。

「我喜歡現在這樣。」阿溫。

「還不想改變。」檸檬問。

阿溫停頓了自己的回答，想了想，才說：「要不要改變不是我決定的，所有事情都是這樣的吧，順其自然就好。」

「要像散步那樣簡單自然。」檸檬有弧度的擺動手臂，可能是在鍛鍊也說不定。

「比散步還要自然。」

阿溫也誇張的擺動手臂，檸檬覺得滑稽而笑了出來。

「肚子餓了，去吃東西。」檸檬漸漸遠離跑道，往停車的方向走去。

「吃什麼？」阿溫跟緊了她那運動鞋的腳步，很健康。

他看見檸檬嘟起的嘴唇說：「無糖豆漿和饅頭夾蛋，運動完我特別喜歡這樣吃。」

他們的機車各自停在不遠處，檸檬一邊戴上安全帽一邊說：「跟著我。我把機車騎回租屋處，再讓你載，可以嗎？」

阿溫完全沒有理由不答應。

◎

深夜沒有載著觀光客的遊覽車從大門進進出出。整條路騎起來，寬敞得不屬於任何人。阿溫跟著檸檬騎出了校門。

經過英國領事館，再經過哨船頭公園，一路騎來到臨海路上。路上經過的機車騎士揹著釣竿。阿溫心想，這個時間進到學校海堤裡的釣客也不少。

檸檬的租屋原來就在學校大門出去、臨海路上的一條巷子裡。

她把機車停好後，坐上阿溫的後座。

那家豆漿宵夜店就在同一條路上而已，騎過去不用一分鐘就到了。

檸檬果然買了無糖冰豆漿和饅頭夾蛋。阿溫則夾了幾顆煎餃，和一杯冰奶茶。

「到愛河那邊去吃吧。」兩人都結完帳後，檸檬說。

騎一台車果然還是比較方便。阿溫載著檸檬，盤算要到哪一路段吃消夜，會比較好吃一點。

「高雄電影圖書館旁怎麼樣？那邊還有椅子可以坐。」檸檬提議。

「感覺那裡到處都可以坐。」阿溫想到愛河旁倒映著夜光的階梯。

「說的也是。」她點了點頭。

阿溫打算到那裡後，再用步行的。和檸檬走的話，應該哪裡都能夠走的到。

一路上沒什麼車。看到路上年輕的機車騎士，阿溫就猜想那是同校的大學生。這個時間對大學生來說，才正要開始。是體內雞啼正要高鳴的時候。

將機車停在電影館後的國小，阿溫幫檸檬掛好安全帽。

他提著消夜，領在前頭走。夜裡的燈，黃得有老電影要被翻拍的味道。

經過左手邊電影館那隻火球人大型公仔，檸檬指著前面那一整排的椅子，詢問阿溫。

阿溫看了看，覺得坐離河岸近一點會更好。愛河倒映著那對岸店家發亮的招牌。河岸總有零星的人坐著。

檸檬接過那袋宵夜，就往阿溫說的位子走去。像隻瀟灑的鹿直直走去。阿溫看著她因為跑步還有點微濕的背。或者檸檬的上衣已經乾了，那只是自己的錯覺。阿溫不知道。

他們吃完了煎餃與饅頭夾蛋。阿溫清楚聽見檸檬最後一口咀嚼饅頭夾蛋的聲音，覺得那一定美味極了，尤其胡椒粉的味道更棒。

他們將吃完的垃圾裝袋，丟進人行道旁的垃圾桶，檸檬拿著那杯無糖豆漿。兩人繞著愛河走著。大概走到衣服再乾一些吧，阿溫猜想。

愛河邊沒什麼人，大概是快要十二點了。他們並肩走著，阿溫看見檸檬髮梢的一滴汗滴了下來。

「妳相信有末日嗎？」阿溫想起前一陣子似乎聊過這個話題，但不記得自己和誰提起的。

「末日？世界末日的末日？」

「是啊。」

檸檬覺得這兩個詞很有趣似的，又念了一遍，好像在玩味它。阿溫喜歡那個笑。

「你是指哪一種末日？」檸檬問。

「妳那邊有哪幾種末日？」阿溫相當好奇。

檸檬想了一下：「大概有兩種，一種是戰爭末日，一種是天災末日。不管是哪一種，人類最後都會滅亡於其中一種。」

「在我腦海裡想到的應該是天災末日，而且是疾病型的。」阿溫想起有人屍變後開始隨便攻擊別人的《Walking Dead》：「所有人都不可避免的染上疫病，變成怪物，一個傳染一個，最後所有人都疫變了。」

「我知道你說的，疫病。但那並不是人為的，戰爭才是。」檸檬做了一個拉弓的手勢，阿溫想那真是金牌射手的標準動作：「明明可以避免的。結果沒有人討得了好，沒有。」

阿溫聞到檸檬身上運動後的氣味，很好聞。

「就像一群情緒失控的人，不管如何，都要打死另一群和自己對立的人。那就是戰爭。」阿溫說。

他們只是輕描淡寫的像在說一部戰爭片裡發生的劇情那樣。

「比較不可饒恕就是了。」檸檬喝了一口無糖豆漿，沒有什麼立場的說：「天災不能避免，但戰爭是人為的，比較不可饒恕。」

「如果發生了其中一種末日，妳覺得妳能夠存活下來嗎？」

「不能。」檸檬相當確定的說出自己的答案：「沒有人能夠活下來，逃不掉的喔。」

嗯。阿溫回應了她。

誰都逃不掉。

他們又走了一段路，已經到了對岸。可以清楚看見電影館和剛才走過來的那座橋。

阿溫停了下來，靠在河的欄杆旁，看著河面的光影。檸檬也再找他在看什麼。

當檸檬的手臂再碰觸到阿溫時，他看了檸檬，並湊上前去親吻了她。

檸檬只是靜靜的用嘴唇回應阿溫。阿溫覺得不夠，又親吻了她幾次，索性將手伸進她的衣服底下。檸檬的身體是乾的。

為了不讓檸檬不舒服，阿溫只將右手輕輕握在她左邊的乳房上，只是輕輕握著。他運動後那黏膩的皮膚也不喜歡被搓撫。他的大拇指可以感覺到她勃起的乳頭。很健康自然的勃起了。

檸檬激烈的回吻阿溫，沒有多餘的動作。現在這樣就夠了，檸檬心想。

「你都用末日騙女孩子的嗎？」吻到一個段落時，檸檬問阿溫。

「可能是外貌吧。」阿溫說。

嘖嘖。檸檬罵了阿溫第一次聽到她罵的髒話。很俏皮。

阿溫問檸檬是不是回她家睡覺。

檸檬搖頭，但臉上掛著緋紅的笑意：「不，今天不要。」

「為什麼不？」阿溫討價還價的功夫相當了得。

「沒有為什麼，我說不的時候，就是不，沒有其他意涵。」檸檬仍笑著堅決。

「我不需要其他意涵。」阿溫想要更多一點。

「謝謝你嘿。」

兩人接續走著，阿溫在想著怎麼樣多製造一些浪漫，讓檸檬答應他今晚可以睡她那裡，或是睡自己家也可以。睡哪裡都好。

阿溫送檸檬回去以後，獨自騎著車，往租屋處回去了。那時候已經半夜一點多了，空盪盪的街上，一個人也沒有。

只有阿溫騎著車，高喊了一聲，呀呼！機車疾駛而過的清脆聲響，微微驚動了路邊的老狗，睜過眼又睡了。

一〇八年度陳哲男校友文學獎小說類第一名

夜猛俠

◎阿象

大樓樓頂。

阿象被綁在水塔上，覺得後腦杓要爆炸似的，很痛。怎麼會在這裡呢？又為什麼會被綁著，他一點也不知情。

「奇怪，乙醚根本沒用，迷不暈。」阿象聽見一個聲音說。

有一個蒙面的人在旁邊晃蕩，頭上套了塊稱不上有剪裁的黑布，很喜感，但阿象現在根本笑不出來。

雙手被反綁著，後腦杓疼得難受。阿象背後溼溼的，分不清那是汗水還是頭被打破流血的。

聽著蒙面人自言自語，阿象恍惚想起自己先被人從後方偷襲，再用一條有異味的臭布摀了自己的口鼻。整個過程讓人覺得非常粗糙。阿象很想嘔吐。

「快說，為什麼跟蹤人？」蒙面人才剛說完，就一拳打在阿象結實的肚腹處。

啊？

阿象完全不明所以。他集力於腹部，抵抗那疼痛，咳了幾聲，想掙脫那繩：「我不懂你在說什麼，你到底是誰！」

阿象將唾液垂吐在地。

他發現蒙面人其實不算太高，肩膀的骨架偏窄。阿象覺得要是鬆綁的話，一定能夠將對方打趴在地。自己有一週重訓三天的習慣。

「差點忘了自我介紹。」那蒙面人滔滔不絕，聲音像是壞掉但還有聲音的磁帶：「夜猛俠，這是我的代號，或是稱謂的，隨便。不要去聯想這個名字，和我的本名沒有任何諧音，也不要去聯想《Daredevil》，和裡頭沒有任何的關係，雖然我也是個律師。」

阿象不知道夜猛俠說謊，事實上他已失業一年多，但阿象根本不在乎這個。風吹得阿象後腦杓也許存在的傷口疼痛，但一直沒辦法用手確認。他憂心這個夜究竟會不會過去。

四周雖然都有其他大樓，但不是被綁在一個引人注目的位子。如果大叫應該能夠被其他人發現，但必須掌握絕佳時機，否則不出兩秒，就會被這個蒙面人滅口。無論是扭斷脖子，還是從口袋掏出一把小刀一刀刺入。

阿溫終於明白，被人反手綁住是那麼沒有安全感，即使自己非常喜歡把女人綁在床上。阿象想起自己和女人溫存的過程。

但現在不是胡思亂想的時候。

「你到底要什麼？錢？情報？復仇？」阿象覺得被綁的拘束感讓人快透不過氣來。

「不，我想問的是，為什麼跟蹤女人。」夜猛俠冷冷看著他：「你這變態。」

「什麼？我沒有……」

話還沒說完，又是結實的一拳，阿象叫了出來，但並不是真的很痛。

真想撕裂那粗糙的面罩，狠狠揍對方一頓。

◎夜猛俠

終於逮到了這個有點高高帥帥的混蛋了。

這人神共憤的傢伙，每天都騙女人回家睡覺。晚上樓上經常傳來痛不欲生的慘叫，總讓自己不自覺的勃起。阿象就住在樓上，樓房的隔音很差。

她們都喊他叫阿向、阿項，或者是阿象。夜猛俠知道就是這個發音，阿象就是這傢伙的名字。

他相信這些女人都被阿象的言行外表給騙了，一定是這樣的。阿象一定假裝是星探之類的，假借通告或拍攝機會，騙女孩子回家上床。如果沒有得逞，就在那些女孩子的飲料裡下藥。

一定是這樣的。這完全解釋了那些被帶回家的女孩，沒有發出淫叫的原因為何。她們甚至不知道該怎麼求救。

夜猛俠曾在鬧區見過阿象幾次西裝筆挺的上前和女性攀談。那貪婪好色的眼神，夜猛俠認得出來。自己每每從阿象前面走過，想上前打招呼，對方卻假裝沒看見自己似的。明明就住在樓下，也照過幾次面，怎麼會不認得呢？

一定是阿象作賊心虛，假裝不認識的緣故。一定是這樣的。

他看阿象經常漫不經心跟在女人後面走著，擺明就是在物色獵物，瞄準下一次要下手的目標。不會錯的，這卑鄙小人經常在健身房找女性搭訕，披著羊皮的狼，怎麼會沒有人發現呢？

夜猛俠看著阿象在大面鏡前，端詳自己的肌肉線條時，確實和自己怎麼練都練不起來的肥肉有好一段落差。

如果要對付阿象，果然還是要把他綁起來才行，否則不能落實心中那熊熊燃起的正義之魂。英雄遇上比自己強悍的邪惡，也要懂得變通才行。自己果然是聰明絕頂類型的英雄。

夜猛俠覺得，要是自己小時候多用功一點，多學一些科學相關的知識，應該也能夠生產出鋼鐵人裝束才對。他想起自己慘不忍睹的成績。

「我，夜猛俠，要替天行道。」身為城市英雄，總該讓即將被嚴懲的人，記得自己是誰。

自從找到使命感後，自己就決定叫夜猛俠了。本名只是膚淺的東西，根本不值得一提。這個代號更有靈魂，更適合自己。

「我沒有，不是……」他聽見阿象仍在辯解。

「你這個變態跟蹤狂，還想狡辯。」夜猛俠使出《幽遊白書》裡浦飯幽助的腹部猛擊，以連續飛快的直拳，朝阿象的腹部招呼過去。

咑咑咑咑咑咑咑咑咑咑咑……

夜猛俠一邊揮拳、一邊幫自己配音，腦海中浮現動畫裡，這一招打在仙水身上的劇烈疼痛。

只見阿象咬著牙、面露猙獰，用腹部直接接下這幾記硬拳。

◎阿象

對方好像沒有什麼力氣？

阿象發現這幾拳其實並沒有想像中疼痛，但扭獰一下是必要的，否則只會給自己帶來更大的傷害與麻煩。

這之間一定有什麼誤會，要不是搞錯人了，那對方就真是個瘋子。

必須要想點辦法才行。

又餓又渴又痛的阿象，擔心自己後腦杓的傷會不會令自己失血過多，否則怎麼一直頭暈目眩，像被迷過似的。他不知道是乙醚害的。

要是能夠掙脫就好辦了。或者最必要的時候，給這個什麼夜猛俠的，一個強烈致命的踢擊。阿象知道還能夠活動的雙腳，是自己最後的王牌與武器，要是遇到什麼危險，必要關鍵還能夠保命。

「有話好說，我們之間真的有誤會。」阿象氣喘吁吁的說。

他從頭細想一遍。

是在健身房結下的怨？不，和那裡的人互動良好，沒有深交，沒有結怨。

那麼，是那些女孩子？不，每段關係自己都有把握處理得當，該分分，該合合，認真時也只專心愛著，從未有劈腿嫌疑。

或是公司上的糾紛？自己在保險公司一直很得人緣，沒有和別人的客戶有所牽扯。拜長相所賜，在女客戶這一塊開發得相當順利，不過都是第一手植育的新客戶，和他人無關。

阿象過濾了很多，終究明白，別人要和自己結怨時，其實什麼理由都可以，再多想也沒用。

那夜猛俠搖搖頭，好像真懂了什麼真相似的，定睛看著自己說：「沒有，沒有誤會。」

◎夜猛俠

他嘆了一口氣，看向遠方，彷彿在追憶整個事件的始末。

他想起阿象停在大樓樓下的機車，經常卡到自己的後照鏡，造成鏡身歪斜。有時候停得太近，還讓自己難以出入。

當然這些都只是小事。最可憐無辜的，是那些受害的少女。雖然也看過阿象帶了較熟齡的女人回到住處，但畢竟是少數。夜猛俠想起有個呻吟性感又好聽的女人。

阿象跟蹤女性的事，已經讓世人唾棄了。夜猛俠深深感嘆。

這聰明的傢伙沒有留下任何證據，媒體和警方沒辦法制裁他，只能靠我了。這個城市裡，確實有許多事情是沒辦法靠法律解決的，有些正義必須伸張，《Daredevil》裡的馬修梅鐸，一定能明白我這一番作為。

夜猛俠下定了決心。

「你的罪行早已罄竹難書，如果連自己都沒辦法察覺的話，看來是徹底沒救了。」

夜猛俠忽然一個橫掃右拳，迅速打在阿象的顴骨。

痛。

夜猛俠蹲在地上，直抱自己的右拳，口中罵著混帳。阿象感到顴骨快要裂開來似的。

所有的英雄都是孤寂的。夜猛俠感悟，沒有人明白自己將要做的是什麼，但不被了解也沒有關係，最重要的是自己所相信的東西。

站在最高處，是沒有人可以了解自己的，所有人都在底下過著自己的生活，操心自己的事。

夜猛俠知道自己正通往世界真理的巔峰。即使不為人知，仍必須堅信內心的路。

不會錯的。
對阿象的降罰，就是自己邁出這條英雄之路，最重要的一步。
「這都是誤會。」阿象被打腫的臉讓他咬字不清。
「沒有誤會！你必須要認罪，神會寬恕你的！」夜猛俠猛烈的搖頭，「為什麼你還是執迷不悟呢？」

◎阿象

阿象吐了一口在地上，發現有血，連同左邊內側的臼齒也一起吥了出來。
真的是個瘋子，現在不管自己是不是真的有罪，可能已經沒辦法說清楚了。
大樓樓頂上安靜無比，感覺要等風弱一些的時候，聲音才會更大一些。隨時準備求救的阿象，揣摩著最佳時機。
為什麼這麼久了，都還沒有人發現呢？阿象思考著在這個忙亂的城市裡，自己被發現的可能。如果這是一件命案，究竟還要多久，才會被哪一個路人甲乙丙丁發現。他聯想到獨居老人在死亡的第十天才被人發現的新聞事件。
終究還是得靠自己。

「不管我有沒有罪，你都是個惡魔。」阿象不想多解釋，這些解釋都是多餘而沒用的：「野蠻、人渣、狗屎！有種單挑！」

阿象看見夜猛俠從塑膠袋拿出一支東西，令他打了冷顫。他極力掙扎著，像一尾被網住而拼命找網破的大魚。

那種體型和顏色的長罐子，今天真的遇到瘋子。

◎夜猛俠

沉著無比的我，不會上你的當。

夜猛俠在心中竊喜。英雄就要能夠知己知彼，才能百戰百勝，他知道赤手空拳打不過阿象。所以要借用其他工具來成為武器。就像史塔克靠著鋼鐵人套裝那樣。

夜猛俠從旁邊那只全聯塑膠袋，拿出一罐尚未拆封的長罐子，撕開上面的薄塑膠。他上下搖動殺蟲劑，逼近阿象。

這個喪心病狂的色情狂，竟然誘拐了那麼多無辜女孩，不知道騙了多少處女之身，一定是用了什麼迷幻藥或花言巧語騙拐人家的吧？

自覺魅力也不算太差的夜猛俠，打從心底懷疑這個混蛋究竟用了多少手段去摘花折柳。每次只要樓上傳來太大的做愛聲響，都讓自己不得不打開電腦裡的色情片來緩衝一下內在湧現而出的，被稱之為情慾的東西。

夜蠻俠二話不說的使用殺蟲劑，朝阿象的臉上試噴了幾下。阿象猛憋住氣。

忽然一陣逆風。

殺蟲劑吹往夜猛俠的臉上，讓他眼睛刺痛得流淚，濃厚的化學味從鼻腔到喉腔，頓時令他咳嗽不止。

◎阿象

就是現在！

阿象用罄全身的力量抬踢，腰部提力上頂，被反綁的雙手緊抓架臺讓自己能夠懸空使出這一猛擊。他抬高膝蓋，用力頂踢夜猛俠的鼻梁。

即使膝蓋會像踢到鐵板碎掉，那也無所謂。被拷問的驚嚇與憤怒，已經讓阿象顧不得太多，他的膝蓋疼痛無比，卻讓他快要大笑出來。對方鼻頭所承受到的疼痛，一定不會小於自己的膝蓋。應該是爛掉了。

還沒完呢。

阿象用雙腿狠狠夾住夜猛俠的脖子。腦震盪的夜猛俠感覺自己像一隻被大蟒蛇蜷綑勒緊的小白兔，因掙脫不開，只能抱住阿象的腿，以免脖子被扭斷。

阿象深吸一口氣，雙腿像鉗子要夾開核桃似的，又催進一股蠻力。這時候要是放開，那就前功盡棄了。

他使出最後的全力，用力一夾。

啊！

◎夜猛俠

夜猛俠掙脫了，往後跌滾而去。

滿臉是血的他只覺得鼻子特麻，沒有任何痛覺，好像鼻子沒有長在臉上那樣。喘著氣，吞嚥混著鼻血的口水，仍陷入頭暈不知所以然的狀態。

直到漸漸恢復冷靜，坐在地上，抬起頭來，看著被綁在水塔架上的阿象直盯著自己。

他往臉上一摸，面罩掉了。

被看到了。

身份被拆穿了。

我就是住在樓下的房客，被發現了。
夜猛俠卻也沒有起身撿面罩，或是用衣服遮著。來不及了。
阿象仍盯著自己的臉，彷彿那上面沾到了什麼。阿象正在臉上找那所謂的什麼。
「我和你無冤無仇，為什麼要對付我？」阿象說。
夜猛俠茫然看著阿象，聽見他說：「我又不認識你，還說不是認錯人？」
阿象說，不認識我。夜猛俠更茫然了。
他的心揪了一下，像是那場失散二十多年的國小同學會，他到場以後，發現全班沒有一個人記得自己。
但那只是太久遠的緣故。
為什麼阿象不認識住在樓下的自己呢？有時候搭電梯會遇到，有時外出會遇到，有時到樓下的便利商店會遇到。雖然都不曾打過招呼，但總照過面，怎麼會不認識？

◎阿象與夜猛俠

仍被綁住的阿象感覺到這個陌生男子似乎越來越憤怒。一定是剛才的夾擊太過狠烈，對方現在懷恨在心。

只見夜猛俠撿起地上一根廢棄的鐵棒條。那應該是某次建築維修後所留下來的、已經生鏽的鐵條狀物。

夜猛俠越走越近，幾乎要忘了究竟為什麼把阿象給抓了過來。他惱羞成怒，怒火攻心。現在唯一能確定的，是在阿象身上那不可赦罪的東西。

「你別亂來啊！」阿象非常驚慌，他的本能告訴自己，這是最後一次叫喊的機會了。再不用力喊，可能也就沒有了。他的聲音分岔，丹田不斷催出更多氣力，讓聲音能夠傳到更遠的地方去：「混帳！幹！」

夜猛俠持鐵棒條的右手，像一條甩動的鞭繩。這一掃的力道，只要是人類的脖子都無法承受。他毫不猶豫的甩了鐵棒條過去。

「幹！」

鏗！

水塔架發出好大一聲金屬巨響。

阿象不見了。

沒打中！

阿象被綁住的手鬆脫了。他趕緊探摸後腦杓一直掛心的傷口，只覺熱腫疼痛，並沒有明顯的外傷。果然只是汗水，不是血液，頓時信心大增。

他站起身來，一八五的身高讓他和夜猛俠呈現明顯的對比。

當夜猛俠再次持鐵棒條揮擊而來，阿象閃身而過，一個膝踢，直接踢到對方的腹部。

夜猛俠跪在地上乾嘔。

阿象又補了一腳，直接把夜猛俠踹倒在地。再一腳。又一腳。最後一腳。

直到夜猛俠沒有掙扎，阿象漸漸恢復理智，氣也消去了大半。畢竟如果不小心打死人了也不好。他不再踢擊，決定結束這場鬧劇，轉身四處張望，要找離開這頂樓的門。

他往那門走去，打算報警處理。

阿象本來可以這樣直接離開的。

「你這沒種的混蛋，有種別跑，單挑！王八蛋！」手上緊握鐵棒條、被亂踢一頓，還躺在地上的夜猛俠亂喊。

阿象停下正要離去的腳步。

剛才還在絕命邊緣的情境又浮顯上來。如果不是自己命大，不是早就橫死在這個瘋子手上？什麼夜猛俠？握草，做白日夢！

夜已越來越深，越來越靜。

阿象想，要是有什麼吵鬧動靜，都會特別引人注意，但從一開始到現在，卻仍沒有半個人發現這裡的爭執。這個城市也未免太不知不覺了一些，大家緊閉窗門的隔音效果未免太好。

阿象回過身，要再揍對方一頓，發洩無緣無故被捆綁毆打之仇。
他跨過金屬水管管線，看到夜猛俠還跌躺在地上。
夜黑風高，家家戶戶的窗照出明亮的燈光。整座城市還運作著，現在是晚餐時刻。
幹，什麼鬼日子。
夜猛俠看到阿象因為自己的挑釁而憤怒回頭，反而慌了起來，直揮手中那金屬棒條。
阿象見對方倒在地上那孬樣，更火，恨恨衝跑過去，要多踹他兩腳。
就在夜猛俠前方咫尺，阿象忽然一軟，跌往他身上而去。

◎正義降臨

只見龐然大物倒來，夜猛俠心想自己要沒命，緊閉雙眼。只感覺一重物壓在自己身上，像地震被櫃子壓住了那樣。
停住了。
阿象趴在自己身上。
等夜猛俠睜開眼，看見阿象狠狠瞪著自己。那眼睛大得像是蛇妖的眼睛。
此時此刻夜猛俠才發現，那鐵棒條的一端是尖銳的，而自己手上早已濕了一片，全都是血。

他把阿象推開，讓他在一旁抽搐著。
夜猛俠看見地上那塊面罩。
阿象踩到自己的面罩，腳滑。
那塊黑色的布料，救了自己一命。
夜猛俠撿起那面罩，拍拍上面的灰塵，端詳許久，又戴了回去。
自己果然是被選中的英雄，連上天都幫自己，這是神諭。
他感覺戴上面罩後就不是原來的自己了。就像正義英雄那樣，擁有雙重特殊身份，體內潛藏一股不為人知的力量。
我是真正的英雄，夜猛俠啊。
太偉大了。
夜猛俠默默流下淚來。太感動了。
這一刻，只有自己知曉。
叮鈴、叮鈴、叮鈴。
叮鈴、叮鈴、叮鈴。
叮鈴……
清脆的手機鈴聲劃破沉寂。

那鈴聲很細，順著風來，在寧靜的此刻，像是敲響夕陽與夜晚交替的暮鐘，讓四周顯得更加靜默。

夜猛俠還在感動之餘，吵雜的碰撞聲響，像是在爭吵後被刷落一地的玻璃杯、筆筒、書本、電腦、文具……這些聲音在此刻沒有辦法被歸類。

他循聲望去，那是通往樓下的門。出入口就只有這一個。

夜猛俠看見了對方。對方也怯怯的看見了夜猛俠。

一個拿著手機對著自己、大概是國小高年級的小胖子，一臉膽怯驚恐，不知道如何是好。

兩個人就這樣看著對方。

不是的，不該是這樣的。神才正要開始創造這個世界而已，今天是第一天。

這偉大的一天，不能夠被任何的事物阻攔。

夜猛俠看了一眼還在抽搐的阿象，握住插在滿肚子都是血的那鐵棒條，用力將它從阿象的體內抽出。血液瞬間噴灑如注。

手持沾滿血的鐵棒條，夜猛俠朝那小胖子一瞪。

小胖子領悟到了一個起跑瞬間。

兩人同時飛奔了起來。

一個逃，一個追。

夜猛俠知道，關於一個正義英雄的故事，在今晚才正要開始。
而今晚還沒結束，還漫長著。

一〇七年度陳哲男校友文學獎小說類佳作

明天

停紅綠燈時，慶很快從過馬路的人（莫約二〇多人）當中找到覺得好看的女生。大多是學生，有的挽著男朋友的手臂（男生的手擺在女生腰部偏下方，臀部偏上面的位子，讓慶聯想到色情。嗾了嗾口水，覺得好撩人），有的是三五好友一起過街（淺綠色小短褲下的兩條腿，健康而有力的擺動，可以看見緊實的線條，像一尾梭游石間的鯽魚。這個女生是最標緻的），最後一個過馬路的女性，可能是博士生之類的，墨鏡下難掩的自信眼神，臉稍仰起，黑色長裙不掩翹臀。可能整條街的目光都在她了，左邊老舊摩托車的老伯太明顯的一直盯著看。

男人也有月經的，還是說，日經。慶覺得是。

他覺察自己一整天下來無來由的旺盛的情慾，夏日雜草亂長一般的無法抑制。無慾的時候，就算經過散發香氣（由長髮和身體）與性魅力的美女，或是穿著暴露、微微露出底褲與胸罩花邊的女人，有時候感嘆她們的衰老一定很傷，有時候客觀評分她們，有時候心裡想著：「等一下中午吃日式小火鍋好了。」

他已經懷著性幻想一整天了。只要是差不多了，就算長相平凡、歲數寫在臉上，只要穿著有女人味，他便欣賞。並不自覺的意淫，健康型的。並沒有犯罪的意圖，縱使的確是犯罪式的幻想，沒有也無法經過允許的。健康型犯罪式的，慶想起餓狼撲羊的畫面。慶與其壓抑，倒不如接受吧。就像接受在瀑布底下，看著瀑布嘩啦嘩啦大量落下河水來一樣。慶和大家一樣，看完片用衛生紙清理擦拭後，一種「吃飽了，謝謝招待」的倦意，可以了，想睡。

慶相當同情大腦壓抑的煩惱，真想對它拍拍肩膀說：「今天真的是辛苦你了。」

他想起剛才捷運上那個穿窄裙的年輕女職員，上司如果是正常男性，也的確是很辛苦呢。但這種辛苦經常又是幸福的，就像一進到教室，忽然發現坐在右邊的新同學是個綁著馬尾的可愛女生那樣，可以一直看到很好的風景。

不過因為已經習慣了，所以並不把今天這樣的情況當成一回事。因為是日經啊，慶想。每個月都會發生的，他在想是不是應該做個紀錄，來看看有沒有週期性，還有和月亮有沒有特別的關係。

*

星期四的晚上回到家也只有一個人。在處裡客戶的訂單資料之前，慶連進了平常上的色情網頁，瀏覽一些覺得還不錯的片子，準備下載。是包月制的月中，並不急著一直挑選。即使他現在並沒有特別想要射精，但因為是下午很想很想要的，所以他必須要還給那個下午一直性幻想的慶，一個滿意的交代。

他解決了兩次，讓選購好的影片自己下載後，才開始吃買回來的日式排骨便當。慶習慣先忙完再吃飯，他想可能許多人都是這樣的吧，雖然他無法去證實。這比正事都還要重要，除了急事。慶想起自己曾經在大學時，和女性在公園裡，趁著晚上沒什麼人的時候性交。當時穿了拉鍊較長的褲子，女方則穿著長裙，一開始就沒有穿內褲，相當有計畫的執行了那次的性愛。

睡前影片下載好了，訂單資料也都弄好了，明天可以準時交差。慶想要上司那誇張的笑臉，一定會「你做的真好，真是辛苦你了」的大力讚揚一番，但事實上每一次差不多都這麼賣力讚美，以至於這個讚美的程度下降了。如果哪天他冷靜的說：「你這樣很好。」大概會讓自己受寵若驚吧。

這個月的業績稍微好一些，有閒錢可以做些事。雖然沒有閒錢，他還是會那麼做的。為了查看下載的影片檔案是否有問題，他又自己弄了一次。因為只想要草草結束睡覺，過程很快，所花的時間和他上班睡過頭刷牙的速度差不多。沒有硬完全就射了，那個甚至稱不上是硬。有時候慶覺得這麼俐落會不會對陽具造成負面的影響，因為自己也常常處於一個快速的時刻。雖然現在還沒有明顯的差異，但從前那種大豪雨下不停的飽漲爆炸感，已經一點都不剩的沒有了。無論用什麼方法，都再也無法體驗那樣的感覺了。

他為此感到很悲傷。國中對於勃起無法處理的稚嫩，已經因為長大而徹底死去乾淨了。那時不知道該怎麼樣，任由其茁壯，意淫的愧疚，意志力的壓抑，到最後忍無可忍的徹底解放。小時候愛吃的巧克力不吃了，喜歡玩的遊戲無聊了，這些相關的小東西手牽手，一起走掉了。

像是為了測試酒量似的，年少的慶用過多的慾望來嘗試自己到底能夠來幾次。前兩次，或是三次，都沒什麼問題。第四次（有時候是第三次）開始，乏態漸漸跑出來了，情色影片失去了興趣，必須要再找更新的。好像在隧道掏金掏空了，必須要再往地底下開鑿，漫無目的的往深黑處挖掘。意淫的界線也要突破（慶想起一百公尺要再跑快零點一秒的選手那衝刺而變形的臉）的沒有邊界的放肆（沒關係的，這裡是想像，沒人看見），就又掘出一些新的慾望。

第六次是極限了，而且經常是睡過覺以後才會冒湧出來的力量之泉源。末次通常是漫無目的的、行屍走肉的套弄，眼神說不上來有情色意涵（更貼切的說法，那是醫生再看過第一百二十個病患所顯露出來的疲態，隱藏在佯裝振作問候底下），軟軟的，直接刺激敏感的部位（如果還有剩），從抽動轉而成磨蹭。

慶想起來這比較像是女性高潮的舒服方式，他想起來這是和瓶瓶討論過的議題（慶想想，其實應該是，話題）。

「那比較像是磨，並不是進出的問題。」瓶瓶說。

「進出的感覺不好嗎？」慶覺得用抽插這個字眼太情色了。

「不同的感覺層次，說不上哪個比較好。對我而言，磨著比較容易高潮。」瓶瓶說自己曾經在男朋友的機車後座自己磨著磨著就高潮了，那還是剛到某一家餐廳外面，正要停好機車前，她請男朋友再等一等。

「沒有朋友是靠著抽插高潮的嗎？」

「這我不清楚，我並沒有這樣的朋友可以討論這個話題，不過我想應該也是有的，因為我們高潮的方式，嗯，該怎麼說，我覺得是豐富一點。」

「所以很容易高潮嗎？」慶覺得花一輩子也無法得知女性高潮的感覺，但那很重要嗎？

「經常是一種恆久感，不一定要到某一個地方，但那個恆久感是可以取悅身心的，像用大拇指在肩頸處，用恰好力道的按摩，在穴道上磨呀磨的，好像就算有瘀血，當下也能治癒得好。」

「恰好力道的按摩。」慶思忖著，那按肩膀就好了啊，一定有著更決定性的不同。瓶瓶一定沒有形容的完全，或者是那也是她所無法形容的東西存在，就像語言已經無法所指了。

慶反思自己，能夠形容自己高潮的感覺嗎？當下他只能想到一隻天竺鼠的臉和魚因為河水湍急的不可逆。他清楚知道，高潮是沒有固定形態和類型的。如果穩定了，那就不會再發生。就像他的那個第六次一樣。

＊

瓶瓶週末會到，慶想在這之前，把所有的工作告一段落，並完美交接給下個星期一的慶，那是個哀嘆上班日的自己。星期五的慶是無拘無束的慶，必須要毫無罣礙的與上班日切割才行，像鬧門有兩邊，苦牢和自由國都。

瓶瓶星期五要和父母晚餐，慶和幾位朋友約了去KTV唱歌。大夥喝了幾箱，有人划輸了幾輪拳，跑到廁所去吐。慶聲嘶力竭了唱了幾首，但沒有連唱，他很有規劃的在適時的時候，唱上一兩首。他的低音有一種秋天的街頭，風吹過來沙沙沙但葉子沒有掉落的磁性，來反差他中高音的爆發。可能會讓人聯想起一部好車忽然踩緊油門，一路疾駛而去的寬敞無礙。是會讓人嚮往與心動的聲音。但再高音就失準不穩了。

「我喜歡你聲音的厚實感。」芹說。

公司不同部門的職員，但因為人長得不錯，是那種在團體裡會一眼被認出來的相貌，公司有很多人想要追求她，但目前沒聽說有成功的。

「總覺得還有很多需要補強。」慶謙虛的說，雖然他自己也的確是這麼想的，但以平均值來說又還有些自信，「像幾年新屋那樣，有天忽然覺得，牆壁還可以再重新刷過一遍。」

「厚實感是天生的，有些人聲音較細，唱起來很中性，大概介於男性和女性的中間值吧。但厚實比較屬於男性特質，我平常比較喜歡這一類的歌星。」

「太高音不好嗎？」

「聽起來很華麗，很有藝術感，老實說我自己也滿喜愛的，不過我覺得那是天賦，就像天生被決定的一樣，已經是不可逆的。但音域比較低的人，唱起來比較有磁性，但我無法明確的知道那是什麼。也許，那種厚實不是女性容易唱得出來，至少女性的厚實和男性的厚實，有著先天上決定性的不同。」

「先天上決定性的不同。」慶確認了一遍，並仔細進入了思考：「就像男性的愛，和女性的愛那樣嗎？」

「我想或許是吧，或許。」

「但這樣的愛，無論是男性或是女性的愛，都可以取得中間值吧，就像自己家燒得太甜的冬瓜茶，只要加一些水下去，就會比較好喝喔。大概是那樣的中間值吧。」慶很篤定的說。

星期六一早，慶就離開了芹家，沒有一起吃早餐，他習慣這樣一個人自己去吃，比較俐落。從旁邊的公園繞了過去，走住宅區的小巷弄。如果他起床出門的第一件事是吃早餐的話，通常慶的胃口都不太好。轉角的那間早餐店是他覺得這一區最好吃的，因為近公司，附近的早餐店，他有興趣的都吃過一輪了，還是這間做出來的早餐味道的平均值最好。

他走了過去，老闆很有朝氣的向他問早，是一位年輕、看起來莫約三十出頭的年輕人，大概比自己大一歲，慶猜。他點了原味蛋餅和巧克力吐司，老闆用丹田複誦一遍，只見在廚台後方的女子輕嗯一聲，開始把土司片放入烤土司機，等彈起來後抹上巧克力醬。慶看那女子也有中間偏上的姿色，大概像以前國小在班上，沒辦法前三名，但也一直在四、五、六名左右徘徊的份子，實力也是不容小覷那樣。女子很溫順的把慶加點的奶茶和巧克力吐司裝好，再交給剛好也把蛋餅煎好的老闆。

「共六十五。」

慶把早餐帶回自己家吃的時候，還沒超過九點半。吃過後，他把用過的免洗餐具，用清水簡單清洗過後回收。來整理一下家裡吧，慶想，於是他開始先在浴室磁磚噴上了市面上較高價的環保洗潔劑，在等待之餘把床單拉整齊，床頭櫃上的書本、文具和雜物擺放好，棉被摺好後，才回去刷起浴室的磁磚。

至少讓瓶瓶看起來是有特別為她打掃過的。慶本來是這麼想的，但他覺得為自己打掃的成分比較高，也就是今天本來就是個適合打掃的日子，無論是天氣上，或是心情上的，只是瓶瓶今天也剛好來而已。

手機震動起來，顯示是瓶瓶，慶掛掉後走去大門，把鎖轉開，讓瓶瓶進來。她身上的香味，慶覺得有一種心底的花草在一瞬間盛開了的感覺，血液大概也流得更快速、更順暢了。世界忽然進入了另外一種色彩。

「你才剛吃完早餐嗎？」

「不，有一陣子了，大概是半小時之前的事情。」

「你還特別打掃了一遍啊，昨天有客人嗎？」

「沒有，這幾天並沒有客人來。」

瓶瓶往沙發上坐下，轉開電視，把音量調小聲些。轉了幾台，停在一台自己也沒在追蹤但有聽過的連續劇，就擺了。兩個人的時候，有些電視聲讓人有一種自在感，就好像走入一間餐廳，必須要有一些其他人的聲音那般，不顯得太安靜。慶則坐在她的旁邊。

「你洗澡了？」

「整理了寢室和浴室，也順便沖了一下。」

「你身上的味道，並沒有一種協調性，雖然的確是很香、很有魅力的。」瓶瓶說。

慶在想，這是什麼意思呢，「缺了妳的味道的那種協調性嗎？」

瓶瓶笑了。

「會不會是多了其他成分的不協調性？」

「我想我們得增加一下妳所謂的協調性了。」

上午小寐並不是一個好習慣，慶想，但睡了半小時起來後，還是會覺得有點餓。感覺今天才算是真的醒了過來了，要來吃今天的第一次正式的餐點，但瓶瓶還在睡。他只好自己去把午餐買回來。他搖醒瓶瓶，改變心意決定應該一起出外吃比較好。慶覺得今天身上的協調性才算是完整了，因為瓶瓶。

「得要吃什麼好呢？每天好像都得要至少煩惱一次。」

「能夠這樣煩惱，好像是和平的象徵喔，像每天有水可以刷牙洗臉那樣的幸福。」

「你喜歡那樣的幸福感嗎？刷牙洗臉般的幸福感。」

「是的，我喜歡這樣的幸福感。」

「這樣的幸福感，不會太缺少了什麼嗎？」

「缺少了什麼，再去找來填補就好了喔。」

「很容易嗎？有那麼多東西，可以讓你找來填補喔？」

慶想著所謂的東西，是指具體的還是抽象的。他找來的好像也都既具體又抽象，一魚兩吃。

「不一定會找的到，但是如果找到了，就表示很幸運喔。」

「不知道我有沒有那樣的幸運。」

「妳如果覺得有，就會有。」慶斷然：「這和妳找到的東西並沒有直接關係，而是找到後，妳自己是怎麼想的。」

「但這樣東西的價值，具體來說，還是最後影響的關鍵吧？」

「在找到之前，我們應該就已經衡量過自己找的東西落在哪裡了，除非它太少於自己預期的價值了，否則幸福感這種東西，其實是很容易掌握的。」

「那現在你覺得很幸福嗎？」

「如果中餐吃燻雞蘑菇義大利麵和拿鐵，那我等一下就會覺得很幸福。」
慶說完後，想了想：「當然，得是和妳一起吃才會有的。」
「那你的幸福感還真是偉大啊。」
「是啊，就像刷牙洗臉般的一樣偉大。」
「但那畢竟太過單調而渺小，否則就不用再找東西來填補了。」
「說的也是。」慶說：「幸福感果然是生活週遭的綜合啊。」

到了要晚餐之前，瓶瓶又在煩惱要吃什麼的選擇，慶把車停在一個傳統市場的路邊，拉著她進入勾吊著雞肉豬肉、磁磚琉璃台上躺著各種顏色光澤的鮮魚的市場。攤位有著一定的規律性，宰殺生肉類的大多會在同一排區域，旁邊另一排的都是熟食區，有專賣羹類湯品的店，乾式滷味的店，炸物的店，豬牛魚羊熟食店，素食自助餐，飲料甜點。生熟食王國拼盤。慶想在熟食區買點現成的東西，再去自助餐包些青菜白飯，就可以吃了。最後他們買了一片鮭魚、一盤鹹豬肉和一盒沙茶羊肉，包了青江菜、高麗菜和荷包蛋，白飯，買單。瓶瓶也喜歡這樣的吃法，不過並不是自己來買的時候，因為她討厭進到傳統市場時，衣服都沾滿了生熟食物複雜的味道。

晚飯時，慶慣性的轉著電視，讓聲音淹沒客廳。並沒有特別要看的節目，慶切換著頻道，好像一整排無限暢飲的飲品中，每一種都沾了一點，不是太健康的飲料。切到新聞台時，瓶瓶要慶停在這裡。偶爾看看新聞，瓶瓶覺得有和記者一起到現場，關心社會的感覺。

消化差不多後，瓶瓶提議去附近國小的操場跑步，這個提議是在買晚餐前就提出的。

可以看到上弦月，街燈在校牆外，視線內可以看到四、五盞，操場上有其他人或跑或走。兩個人轉轉手腕、腳踝和低壓腿，做了簡單的暖身以後，在操場上走了起來。

「明天過後，又要回去很遠的地方了。」瓶瓶說。

「大概有走五十圈操場那麼遠喔。」

「比那還遠。」

「如果用跑的，就短一些了，但會流滿身的汗，會很喘。」

「如果體力夠好的話，我會跑跑看。」

「有特別想去哪裡嗎？明天。」

「如果哪裡都不去，會不會很無聊。」

「我們也只有這兩天，如果把時間都用來移動，有點可惜。」

「動物園？近一點的地方？」

「好久沒去動物園了。」瓶瓶的聲音聽起來很期待。

「可以看到斑馬、獅子、大象、猴子、羚羊⋯⋯」慶數著。他喜歡大型一點的四腳動物，他羨慕牠們能夠在曠敞之地盡情奔跑。雖然牠們現在都關在動物園了，但牠們象徵著某種野性自由。在慶的想法裡，動物身上有這些，草原與風的味道。

「又能看到企鵝了。」瓶瓶說。

慶記得瓶瓶上次看到企鵝的表情，好像那是全世界令她最討喜的動物。

「企鵝走起路來，有種笨拙的呆滯感，全然坦誠無邪的真實呆滯感。」瓶瓶說，「跳到海水裡去時，又像一條靈活的海洋生物，好像被牠騙了似的。企鵝真是世上最善良的動物喔。」

「是啊，笨拙最善良了。」慶附和。

他們走了五圈，仍沒有要跑起來的跡象。

「如果明天有看到超大企鵝布偶，我就買下它送給妳。」

「太大了，我明天回去不好帶。」

「那買隻小的，讓妳隨時都可以帶著善良的牠。」慶心想，大隻企鵝再另外寄送就是了，瓶瓶一定會非常高興。

「我們還跑嗎？」瓶瓶說。

「用走的好了。」

「要走多久？」

「一直走到我們都累了，不想走為止。」

「走到天亮嗎？」

「那太累了。」

「真不希望明天到來。」

「是喔。但是我們可以等待下一個明天。」

「一個到處都是善良企鵝的明天。」

「是啊。」

一〇四年度陳哲男校友文學獎小說類第二名

床伴

算了，這並不是一些很重要的事情。

結束和教授的面談，下午的陽光讓毛細孔乾裂，收起粉紅色碎花瑜珈傘，我趕緊把抗紫外線外套披上，拉起帽緣，將側臉包好，再戴上安全帽與墨鏡，看起來極像要潛入大廈偷竊的賊子。

我必須要趕往那兒去，我想那是一個光明與黑暗兼具的巢穴吧。

那要是個安靜無虞、與世無憂的黑暗，要能夠容身一位來去自如、不受拘束的女子的影子。

凱凱已經在樓下等著了，也買好了我在電話中說的麥香魚餐，他大概幫自己買了雞塊餐吧。

他星期三下午國小低年級是沒有課的，我們都約在這天見面。

走進旅館，右邊是介紹當地觀光景點的大地圖，還有一組深紅色沙發，他要了一個三小時的房間。一進房，我便迫不及待先去洗了澡，他隨後也跟了進來。要等到兩個人的身體全乾再調情比較有意思，但我從凱凱的反應得知他早已蓄勢待發，像一枚隨時要升空的火箭，否則便炸裂開來。上個月我到外地發表論文，沒有例行約會，他倒捱過飢荒時刻。

結束後，他總沉沉睡上一覺，鼻鼾聲微微從腔孔發出。我想起姊姊那五個月大的嬰兒，用那小小鼻子呼吸的模樣，彷彿世界才正要開始。我喜歡用指尖輕觸他的鬍渣，那是專門按摩我引以為傲的皮膚用的。可靠的指尖，滑到隆起的喉結，等手指挪移到乳頭時，怕癢的他才會出聲制止我，在半寐半醒中給我一個挑逗的笑。

整個房間都是麥當勞漢堡、炸雞、薯條的味道，只有吃、睡、做的空盪下午才讓我有揮霍生命和青春的感覺。

從以前他就是風雲人物，不但是校園刊物的編輯，也是排球隊隊長，加上迷人的外表和能言善道的口條，很難不讓別人不注意到他的存在。事實上那是他的本能和本領，我常猜想要是他去當汽車銷售員什麼的，早就成為百萬業務了。總之他的條件滿偶像劇的，至少什麼某某的隊長儼然是一種會讓女生愛慕的公式。

「非也非也，自在做想做的事情，別人才會感覺到我的專注，如果去當個為了拼業績而討人喜歡的銷售員，大概會適得其反。」他學《天龍八部》包不同叛逆辯駁的口吻認真分析。不過我想等他真的去幹，一定會很樂在其中的。

凱凱在女人身上停留的時間總是短暫，他嫌她們的生活太無趣、太沒有創意了，就像單線進行的小說直直往下走一般無趣。

「那我呢？」像我這樣一個博士生，日子應該沒有人比我更單線了吧，除了我自己寫的小說之外，目前還看不到比我更無聊的了。

「妳不一樣。」哪個男人不是這樣說的。

「在單線的故事中，妳有過人的膽識和巧妙的創意。」我知道他在說床伴的事。世俗實在把這樣的關係，取了一個都市俗才會唸的醜名子，我則一直稱為「床伴」，多好聽哪，每一位嬰兒都需要有人陪在身邊，那個人也許是一條暖暖的棉被也行，我與我所認識的情人都是童心未泯的。

「總之，妳不一樣。」多講幾遍我就相信了，畢竟我還是女人哪。

男人像一群蜜蜂，來時手腳沾了許多蜂蜜，沒想到取走的更多；也像一本只有謊言與藉口的字典，剛開始謊言居多，離開前抄錄好幾遍藉口送給妳當紀念。我很同情他們一個個被叔本華說中了：「純粹是生殖衝動。」

我承認那些情話用來調情時很動聽，但調情這件事情往往是有誤解的，很多人（尤其是男人）自以為是自己的魅力勾引了讓女人想要調情的欲望，而且（接下來要說的最危險）還非要兌現到什麼不可（上床或起碼熱吻一下吧）。女人其實要的只是一個時刻與過程，之後有沒有什麼根本就不重要。好奇、興奮與動心時刻往往一下子就消失不見了，讓人沒有接著要走下去的欲望。這可能和男人施展魅力的功力大有關係，我也和一般女人一樣媚俗，有男人開著名貴跑車，名片上有赫赫亮眼的頭銜，或掌握著某部份的知識與權力，一樣會讓我對他充滿著好奇與想望，這樣的媚俗跟政治人物、明星作秀一樣的不可避免。

當然就算什麼都沒有，還是能夠打動我的，因為人都是需要有人陪的（我不用「戀愛」這個字眼，因其內含交往的成分，我認為是不夠精確的），而且我又必須使用一個更媚俗的字眼，緣分。

是的，我想我和凱凱是有緣份的，就像以前的那些男朋友一樣。

緣份不免有些穿鑿附會，但偏偏每個人充滿了各種宿命，誰敢說自己的死法不是一種宿命，生在哪個家，死在哪個地方都是宿命。最可怕的是，有誰敢說自己的「選擇」不是一種宿命？當午飯後妳只能選擇一種水果吃的時候，是要吃香蕉呢，還是蘋果？不管選擇了哪一種，其實答案早就決定了，其他的選項都是跑龍套出來騙人的。

緣分就是這樣的宿命，看起來是我勾引凱凱的，但其實當下我別無選擇，我的呼吸渴望讓他聽見，我的皮膚渴望他的觸撫。如果現在越來越多的選項出現，我仍會執意凱凱。如果是在我和他搭上線之前有更多選項，那就不一定選擇他了，誰知道。不過這個命題不能混為一談，那是另外一套宿命了，完全不同體系的。

（如果人沒有脫離或改變宿命的可能，我們還會在這個世界上積極努力去改變一些什麼嗎？）

我必須承認，在某一些當下，我是媚俗的愛上了凱凱，大部分的時間我則當他是一陣讓人舒爽的風。因為緣分，因為不甘寂寞，因為無法直視著青春一點一滴流逝，如此媚俗的理由呀，我大膽的承認這一點。

我不想提父母的婚姻生活，一定會被自以為是的小說研究者或批評家罵道：「還不都是那樣，接著關切到主角的家庭背景，發現有一個破掉的空洞無法填補。」很抱歉，他們之間並沒有第三者，婚姻也還維持著，我父親死去後，母親也沒和別的男人來往。她可能是怕我無知的弟弟反對，只要有單獨的陌生男子來家裡作客，他便躲在房間不肯出來，等客人離開後又一直追問母親那個人究竟是誰。

母親大概希望做好榜樣，願我可以成為走入另一個家庭的女人，每逢清明節到夫家掃墓、祭一堆我不認識也不想認識的祖先，並在先生死後自重，以維持兩家的姻親關係，不給叔叔伯伯兄弟姐妹們說嘴看笑話。

真是，無聊呀。難道沒法過我自己的生活，非要活在某一種期待？一個年過三十的女博士生，在親戚的口耳間必然是茶餘飯後最好的涼拌，要是將來我沒找到一份高薪的工作，哼哼哼，還有得說呢。

我想成為一個大眾通俗（多麼親切的，又更勝媚俗了）小說家，小說如果不和大量的讀者見面，在閱讀後的聯想空間產生關係（有點像集體上線在某個討論區的感覺），那麼就算是以一招千奇百怪的神來之筆創作出來的，我還是覺得太孤獨了一些。這讓我想起黃凡〈小說實驗〉裡被關在玻璃展示窗中，正倒立寫小說給大家看的人，展現的是一種特殊創作的方法。至少他是清楚被看見了。

凱凱很喜歡讀我寫的小說（我想這又是另外一種讓我陷入宿命的原因），他總深信有一天我會大紅大紫，比九把刀還要紅上千百倍。

「真的，不知道為什麼台灣居然沒有任何一位暢銷女性小說家耶！」

說來我也有種英雄所見略同的相知相惜，才會和他在一起的，以這樣我所願意的方式。

當年我在P大是全校公認的四大名花之一，還曾北上進攝影棚錄影，但那實在太做作了，而且我也想證明自己不只有臉蛋而已，沒想到卻命定了我博士生涯的路。他在網路上定是先看了我的相簿和簡介，還找到幾年前的新聞稿和文章，才和我搭上線的吧，我討厭這樣膚淺的男子（但又如何呢，誰都是膚淺的，反正自己也以同樣的理由喜歡上他）。「妳不就是那個聞名P大的學姊嗎？」他詫異的讚美填滿了我的虛榮，還有人記得畢業後那麼多年的事情，彷彿凱凱認識的我，是那個青春洋溢二十一歲的大三校園正妹。既然他喜歡我是有原因和基礎的，他自然站在比其他競爭者還要靠近我的位子。

黃教授的意思我不是不明白，但我不喜歡和生活圈的人太過靠近，他身為教授也不好直接公開追求底下的學生，只能私下傳些簡訊問我要不要吃個飯討論論文與研究，這意思再明顯不過了。他這個人挺不錯的，送禮物有分寸，給了我一些不太會拒絕的東西，二手筆電、馬克杯、圖書禮卷、電影票、餐券，他會請我假日不要都待在家裡，要多和男友走出去，我明白他想換來的訊息，回答：「沒有，我沒有男友。」「沒關係，找不到人可以約我去。」他表面上開玩笑的說。被年紀大上我太多的人追求，很自然而然的會把對方想像成色鬼，除非他能夠像劉德華、金城武那樣成熟帥氣，上了年紀又不好看的男人對我來說真的沒有太大吸引力。曾也名列為四大名花之一的凱蒂和我相反，她喜歡上了年紀有權有勢的男人，嫁給了政壇名人的她，最近不巧的捲入一場貪污案而被檢調，金額前後高達一億多台幣。

前男友小柏偶爾也會和我聯繫，和他打情罵俏有助於生活情趣，但每次提到要見面我便玩不下去了，推了一堆理由和藉口出來，比他當時說分手還要誇張，有時候他說有什麼五星級飯店招待券要請我去，我也不太理他，請他在下一通給別的女子的電話中繼續加油。在小柏之後我有過幾任男友，但對他仍情有獨鍾，也許是和他培養的感情最漫長，我還曾一度死纏爛打的要求復合。分分合合了幾次，最終還是把彼此愛情額度耗盡了。當然，我喜歡和他性愛的感覺，沒話說，每一次掌握的分秒不差，像一齣高潮迭起的動作片，聲光效果十足，爆破場面不缺，而非爛戲亂拖的鄉土劇。

和小柏一開始是磨合，到後來是拖磨了。

我從鏡子看見自己和凱凱的真實模樣，很像一部未演完，正要進入後續的愛情藝文片。我想像凱凱的目光因為在我赤裸的正面打量，他先估測了自己掌心與我乳房的吻合度，沒有一絲贅肉的腰身，光滑細長的雙腿比美玉高潔青亮，私處一撮整齊的細毛完成了一具隨時間毀滅融化的冰雕藝術品。那一些我天生就會、只是不斷操演熟練的體姿，隨著男伴的要求與需要做更換，每一項姿勢有每一項的優點，我也不特別排斥或接受某些姿勢，這天做完我竟然想起朱天文〈世紀末的華麗〉，二十五歲的女主角已有的衰老之感。

我獨自躺在房裡的時刻，對於老的感覺特別深刻，瞧著雙手細緻透光的皮膚，彷彿可見血管隱隱流動，這邊這條是青色的靜脈血管，我輕輕敞開上衣，乳房上細小的血管網狀散開，是我最滿意身體的一部分。我的肉體幾乎要是透明的了。只要想到老這個問題，我便會開始緊張塗抹起保養品，幫全身肌膚徹底細細按摩一遍，這是寫論文、做研究之餘最好的放鬆儀式，讓我不會在書堆與數據中不知不覺親手抹煞了自己的青春。靜靜躺在床上的時刻，看著秒針一秒秒的向前跑，都是時間流逝而我漸漸衰老的殘酷測量，只有在一次次的性愛中，我才彷彿將青春停留了下來，每次全身都會浮現自然優雅的紅光。年少時怕什麼都還沒嘗試就以處女之姿死去，年輕時怕沒有把青春揮霍夠本就不小心喪命於天災人禍，我就那麼媚俗的貪生怕死。也許是米蘭昆德拉說的：「媚俗，是對存在的全然接受。」我就是這樣一個女子，寂寞的時刻我一天也不想浪費掉。

凱凱是我認識的男性中最怕衰老的。有許多保養品都是我從他那兒拿來試用的，他並沒有誇張到出門撐傘、每日照三餐抹保養品，取而代之以無時無刻的睡眠來將自己封存起來，幾乎沒有脾氣的他也與這個有關，「天哪，煩惱與生氣會讓人一下子衰老十幾歲的！」開心度日是他的座右銘，揮霍時光更是他身體力行的實踐之道，據我所知沒聽說過他有超過兩個月以上沒有女人陪的，凱凱說那也會讓他一下子好像乾扁的木乃伊沒有人要似的。求學時期異性緣不曾間斷過的他，這是屬於他媚俗的虛榮，他背著自己的偶像包袱，換來該有的女性注目禮報償。他害怕自己有一天失去魅力，女人接近他全不是因為他的言行舉止或外表，而是他的職業、財富與年紀，他受不了這一類庸俗的交換。

「當老師不結婚不很可惜？」當他女性友人對他這麼說時，凱凱簡直覺得太不可理喻，原來有了身份地位後，誰當了他的太太就間接有了微不足道的光環，醫生有醫師娘的光環、律師有律師娘的光環，教師也有教師娘的光環。「教師這個職業還滿穩定的。」女性友人還又提。他一點也不想要有這一類的穩定，太不符合凱凱脫韁野馬的性格了，藝術系畢業的他本來就是野獸派一類輪廓深邃、色彩鮮豔濃烈的作品，教職純粹是他餬口的工具，凱凱雖然也很滿意這份工作，喜歡帶小朋友上繪畫課，但他討厭的是被用來衡量地位的教職和學校那許多庸俗不堪的同事。庸俗本身並不是件壞事，但決心要脫離庸俗的人自然會對此過敏無比，好像鼻子與灰塵的關係，貓狗與跳蚤的關係。

我是個媚俗的人，但凱凱覺得我一點也不庸俗，「有自己想法的人，照著自己意識行動的人，會寫小說的人，怎麼會和庸俗扯上關係呢？」我喜歡凱凱不停的說愛我，這是媚俗。但如果時機、語氣和方式不對，讓我感到只想要辦完他想要做的事情，那他就太庸俗了，所幸我們都不是彼此界定為庸俗的人。

我一點也不想探究自己只想要有個床伴的原因，這牽扯到太多人和我的情史錄，有些時候名存實亡的感情已是苟延殘喘的床伴戲碼了。我和凱凱維持現在這樣就很不錯了，每一刻我都能看到他的真，毫不猶豫的向我索取想要的那種真，一邊赤裸裸走來走去一邊低頭玩智慧型手機的真，問我暑假有沒有空要一起出國旅遊願意幫我分擔旅費的真，在我生病特地找人代課請假來照顧我的真，我明白這一些都是媚俗的真，但如此才能突顯我是真心想要媚俗、喜歡媚俗的活下去。我不希望看到他的虛假，要就要，不要就不要，我要彼此之間都是坦蕩蕩的，有其他情人、打算離開的時候直說無妨。我恨以前的情人那樣偷偷摸摸報備，編了一連串的謊言只為了和別的女孩子單獨約會，事後才又莫名奇妙的自己承認了起來，喜歡就喜歡，要就放膽去追，哪來乘著老娘的船等著搭下一艘的，有種把話說死、說乾淨。

凱凱也曾問我要不要交往，「兩個人都單身各自在自己的生活圈裡不是很好嗎？」「妳就不怕我不安全？」「彼此彼此吧，我還很多人追耶！」我們彼此都無須為誰報備，黃教授約我的事情對他是隻字不提，前男友的簡訊也在看過後一律刪光光，我不知道他是否也做了同樣的舉動。我從未偷看他的手機、登入他的信箱，那是他的世界，我必然要給他全部的自由，正如我要他給我的一樣。我曾跟他提過某個教授好像對我有興趣，誇獎我漂亮，租屋裡黃教授送的筆電凱凱也是看過的，他只不作聲默默滑著手機，沒多久塗鴉牆新發布：「四十幾歲的老頭和二十幾歲的年少帥哥，大家覺得搶情人誰比較有勝算？」一下就秒了一百多個讚。從他的眼中我看到未褪色的十幾歲青少年的那一股傲氣與倔強，一下子我也跟著小了十幾歲似的，回到了需要讓人保護、找人依偎的年紀。

不久凱突然對我說，有個以前心儀許久的學妹和他搭上線，我明白他的暗示，對於完全沒有興趣的人他絕對是隻字不提的，但如果有了進展仍然未透口風，那我的處境大概是危險的。

一個床伴能夠行使的權利不多，最多就賴的不走，別讓他三兩下就甩開了，但那太沒骨氣，我也嫌難看。我心還是無法控制的揪了一下：「到此為止了嗎？」瀟灑派的，仍強顏歡笑，心有一點點滴血，冒險的問。

「沒有，我只是要問妳怎麼辦。」

「我又不是你的誰，怎麼回答你，寫信問你家人。」我翻過身不說話了，誰先不小心有了新情人，就佔有絕大的上風。「也許晚上我就和黃教授去飯店吃了喔。」

天哪我到底在做什麼，這是威脅嗎？這不是自招了自己正處在沒有籌碼梭哈的窘境？一個女人這樣子用言語賤賣自己，我都不敢相信這是我自己了（但算了吧，過兩天我自己調整好不就沒事了嗎，不會就這樣和黃教授吃飯去的，最起碼前男友還排在前面先）。

我記得曾經和凱凱談過未來。每一天的美好時刻都屬於當下，過了明天就全都不算了，凱凱所認為的未來即是收集每一刻的當下，「不知不覺就會收集完的，並且串成了過去。」我認為那需要找一個開關，而且那開關怎麼找也找不到，當自己累到不想找的時候，它自己就會啪一聲打開了，那就是未來，所以一定會找到，只是過程永遠是個謎，而且還是個命定的謎。

我想起《發條鳥年代記》第二部發條鳥先生收到妻子久美子的信，她表示自己激烈卻不愛對方的和他人性交了，先生讀完快三千字的信以後，只做了三件事：把信又細細重讀了一遍、拿了一瓶酒喝、慶幸失蹤的妻子還沒有輕生的念頭。

我現在就想要喝一瓶冰冰涼涼的啤酒，沒有其他的。

凱凱曾說我們兩個的生命有太多太多的空洞，否則不會一遇上對方就拼命的想要填補些什麼，好像如果一起到海邊放空，就會情不自禁的想起什麼而留下淚來。世紀末的華麗呀……光是篇名就讓人哀傷，米亞是那麼可愛的角色，卻被評論家批評她的靈魂是空泛虛無的，裡面什麼東西也沒有裝。走在時尚前端、外表超俗過人的米亞，對青春流逝卻無能為力的痛苦是超乎一般凡人的想像呀，她亦是相當媚俗的，但她絕對不庸俗。唸到博士，見過許多自以為飽讀詩書又自稱知識份子的俗人，一個個在我眼中都不及米亞這麼一個虛構的角色。米亞的空洞由四十幾歲的已婚老段填滿，我則讓凱凱給填滿了嗎？

凱凱開始要書寫他的防老情史了嗎？就從小個幾歲的學妹開始。和大他幾歲的我相比，一來一往不知有多少青春年華的可怕差距，我應該躲在衣櫥裡偷看他們性交的過程，她的皮膚是否比我還緊實，呻吟較我更黏人銷魂，血管透明的彷彿一碰就會開綻出一朵朵鮮紅色的花……

「我跟她沒什麼，我只是陳述這個事實給妳而已，妳先不要著急和生氣……」凱凱自知說錯話但已來不及。

「我哪有生氣，我哪有！」

也許我也該將自己寫入誰的防老情史裡，但我不甘心就這樣低頭向一群老我十幾、二十幾、三十幾來歲的老色鬼們認輸（這又讓我想起白先勇筆下的金大班是嫁給怎麼樣個富人的），說穿了我就喜歡年輕同輩的色鬼。女人就算真有賞味期，我也是最晚、最後一批還沒被隨便倒掉去的。

「如果要你選，是我還是她？」從前一條條法則開始崩裂瓦解，所有規則一一宣告失敗陣亡。我想起那個四大名花之一的凱蒂曾對我過人的成績不屑一顧的說：「妳是個漂亮的女孩子，如果只專心埋頭作學問方面，是太浪費妳父母給妳的臉蛋的，唸書沒有妳想像中的重要，還不就是為了賺錢。」突然感到有一種兩頭空的感覺，博班的未來茫茫，感情茫茫，事業忙忙，我對凱凱說的話就到此為止，沒別的了，我想從今以後，我將失去一個肯聽我訴苦、陪我說話的床伴。

「學妹找我吃飯，但我其實老早就拒絕了，我跟她說自己有心儀的女孩子，還被臭罵了一頓少自以為是，不過是找吃飯而已，就掛上電話了。」凱凱說。

我又將自己推上了另外一段嶄新的宿命。一段關係的轉變，縱使行為模式如常，一日復一日的那些日常掩蓋了真正變質（這也並非是那種發酸發臭的變質，也許就像優酪乳發酵前的益菌也說不定）的事物。有點像從前和舊情人維持著填補空虛的日子，直到有一個人開始厭惡那平凡無趣的雙人關係而逃離出去，把那些已經壞掉的全部留在原地給還在發愣的人收拾。一樣變壞的東西如果最終引來的是好結果，那或許也並非真那麼壞了。

我很喜歡這個好談文學又討厭宿命論的凱凱，他說自己擁有絕對的選擇權，但不肯承認自己最終只能夠選擇我。而我還是比較喜歡單向直線型的小說，乾淨、簡單，貼近讀者，雖然一定會被看過無數篇純文學小說的評論者抨擊，罵我膚淺、閱讀經驗過少、不肯從閱讀類別昇華出來，但我一直都知道自己是個徹徹底底媚俗之人；絕對不是庸俗那一型的，這是凱凱說的。我是從許多選擇中做了比較，好比嚐過了許多甜點才知道自己喜歡的，好比從許多朋友中選擇了最靠近、最適合自己的，好比閱讀了許多小說後發現最貼近生命是哪一本書，好比翻了翻衣櫃選了一件最適合下午陽光灑照色澤的洋裝，也許並不全然那麼宿命，否則我可能會否定掉自己的所有理智選擇（雖然我時常這麼做）。

算了，這並不是一些很重要的事情。真正重要的總是有其他的。

一〇三年度陳哲男校友文學獎小說類第一名

二〇一五年青年超新星文學獎入圍

換臉

昨晚從蒂蒂那兒出來已經喝差不多掛了，那個女人叫什麼名子來的，很少會那麼不醒人事，有沒有做好像沒差，可惡。小J給我調了什麼鬼。和她們分手也好些日子，再不換個造型好像作賤自己似的，先飛去找恩斯再說。

約了恩斯一起上理容醫院，途中先去ＢＢ（backback）喝了最新出的Vitamins-B涼夏液，自從十年前ＢＢ徹底幹掉了Starbucks，取而代之為各國商業發展指標，凡越是漫無目的開了許多間ＢＢ在鬧區、機場和商圈，且各店每日營業額均破亞幣三千元（現亞幣比美金為1：1.1），越能證明這個國家的富裕指數越高。唸書時期，家裡沒有視訊設備、立體環繞音振耳機的同學，只能默默到市立影音室收聽線上教學，但這僅是少部份的學生。現在每個家庭至少都有一年去宇宙旅行一趟的閒錢，沒法子的人會暗自覺得口袋裡酸酸扁扁的，還有民眾集體抗議要求政府補助旅行費用，減輕民眾負擔、增加人民尊嚴。

現在理容醫院是各大醫院附屬的部門，從前聽說叫整容業，現在全部併在一塊兒了。由於程序和髮型設計一樣簡單，前後不到六個小時便可完成，小康家庭孩子的十八歲成年禮，幾乎都會到理容醫院進行第一次手術，也許表示大部分的人都對自己的相貌不滿意，而且這也是這時代最流行的風氣，有能力換，為什麼不呢？除了換一張自認無可挑剔的造型外，也順帶植入自己未來要使用的編碼晶片，以確認每個人的身份，未來出國旅遊、健保卡、身分辨識，有的也可開啟刷卡付帳功能，用手背嗶嗶一下就過了。

這大概是我第三次換臉了，經過電腦不斷掃描比對，交叉搭配之後，又確定別人和我的相似度不會超過百分之五十，才選擇了下去。恩斯則是第二次。睡了一覺起床，我得先適應鏡子裡完全改變的自己，雖然臉部會有癢癢的過敏反應，但吃頓晚餐就會消失不見。和恩斯隨便吃過後，我們又到蒂蒂那裡喝酒。

我點了一杯「還是會寂寞」，其實它的基酒是和Screwdriver差不多，在蒂蒂這裡點寂寞系列的，是帶有一些暗示性。恩斯則是點了杯「寂寞血腥」，蕃茄紅的光澤在杯中與冰塊呈螺旋舞狀，隨著他的攪拌匙。我聽見低沉的女音搭配Sax與琴鍵緩緩唱出：「今夜不回家／何處是我的家／今夜不回家／能不能睡你家」。我推了推恩斯，問他吧檯左邊樓梯旁的兩位小姐怎麼樣，便拿起酒杯往她們右邊的空位補了過去。隨意攀談了一下，她們搖晃著手中「寂寞的熱情」與「雙人舞不寂寞」，眼睛對著我們眨眨的笑，我們也不時以笑回應，不時用眼角輕瞟她們微露的乳溝。結帳後，各自回家纏綿。

平均每兩星期便有一次愉快的經驗。這世代消解寂寞的方法是那麼的直接有用，男男女女上過理容醫院之後，都會擁有一張俊俏美麗的明星臉。現在的明星比起一百年前有真材實料了許多，如果不是十八般武藝不太可能成為一流或一流半的明星，無論是演戲、主持、歌唱或詼諧，都要經過學院嚴格的訓練與篩選，才有可能脫穎而出。我最喜歡的團體「笑笑」，便是由兩個年輕的女孩子組成，大笑是魔術師兼歌手，小笑則專長於肢體模仿與舞蹈，大笑是有一頭烏黑著地的長髮，小笑則留了鮮紅的三分頭，時常搭配假髮上陣。

前陣子交了兩個女友，我就要求她們換成笑笑的造型，著實滿足了我最底層的欲望，我第二次換造型也是為了符合她們追求復古偶像，扮演駭客任務中的救世主的「基奴李維」。不過後來膩了也就分了，她們嫌我無聊，我則嫌她們無趣，可以完全仿造別人的外表，骨子裡卻還是原來自己沒有特色的靈魂，她們一點也沒有笑笑偶像的台風與本領，我也毫無救世風範。

究竟我是個怎麼樣的人呢？事實上我經營著家族企業，我的曾曾祖父開始就一直是國內知名的連鎖餐飲事業，那時候叫王什麼品來的，有點忘了。一開始是提供排餐服務，到後來轉型為綠色新鮮環保的素食餐飲，現在仍繼承當時的理念下去經營，我們主打素食牛排，味道比起牛肉卻是有過之而無不及。現在的牛所吃的養料、呼吸的空氣、喝的水都受到嚴重汙染，相反的人工食品經過嚴格的檢測，使用化學材料加工，健康安全的程度比市面上號稱最乾淨的礦泉水還更有保障，「比母乳更加健康、營養。」我記得公司的廣告是這樣說的。

不過我也只是到公司晃一晃，和同事們打聲招呼，實際上也沒做什麼。父親和叔叔們做的有聲有色，我們當子女的如果有心要接手企業，便會專心到內部觀摩實習，像表哥前些日子才剛從美國交換實習回國，算是我們這一輩最被看好的繼承者。我志不在此，只想開一間還過得去的Lounge Bar，有美眉可以按時陪睡就好。父親總說把生意做大，女人就會自己找上門來，但我比較喜歡到處認識不同的女孩子，可能是我生物本能上的狩獵技能，先天就與父親那種文明競爭的方式大異其趣。

我認識比較特別的女孩子是J女孩，她在蒂蒂服務，還滿受到客人歡迎的，雖然沒有上過理容醫院（換過臉的人一看就知道，太完美無暇以至於有一點虛假，不過總比原本的醜臉好多了），但她天生就有一張酷酷又讓人想親近的瓜子臉蛋。每次她都以一種很不以為然的眼光看著我和恩斯把上美眉後帶了出去，這是我們很常幹的事。她老是看著我喝乾的酒杯說：「我看你的心也空空的。」「有什麼關係，空空的很好。」「空空的才會一直想要找東西填滿。」「那也很好。」

馬的，我只想一直填滿別人啦。

她其實是個文藝少女，這年頭大家只看影片、聽音樂、進入虛擬空間交友打遊戲，連歷史課本也是以一半文獻一半影音的方式呈現，對文字有興趣的人，比隨便抓一個路人問：「喜歡聽古典樂嗎？」對方點頭說Yea還困難。好吧，大概是我的生活圈太庸俗不堪了，音樂、女人、酒精，就是我人生的全部了，還有什麼比這一些更好玩、更有趣呢？何必要這麼嚴肅的。文學，嘖嘖，太可笑了，我看許多人嘴巴上稱讀過什麼什麼大作，唸過誰誰誰的詩，只是用來裝飾自己空泛內在的飾品罷了，真夠虛偽的。

J空閒的時候還真會翻翻一些我聽都沒聽過的詩集，現在普遍大眾都以電子書刊為主流，不過她說自己喜歡翻書那種香味，有時候是腐掉的草味、有時候是棉被剛烘乾暖暖的味道、有時候則是一杯吹了過久冷氣的水味。她常常看著電視牆，但我知道她的心思已經不知道跑到哪裡去了，有時眉頭揪了一天，問起她，說：「沒有呀，這首寫林黛玉的詩太美、太淒冷了。」我追問她林黛玉是誰，她很無奈的補充說是個孤芳自賞，卻始終和賈寶玉擦身而過的女孩子。「他們不常見面嗎？怎麼擦身而過？」「不，他們幾乎每天見面，是心思在玩捉迷藏。」

那天我給了J兩張公司的特級餐券，要她和情人去用餐，「我？沒有情人。」「總有喜歡的男生吧？」「不主動約我，還要我出餐券喔？」「妳可以先假裝賣他，然後要他約女孩子出去。」「如果他約的不是我呢？」「那最少也賺了一筆。」「我乾脆直接賣你好了。」「然後我約妳去用餐嗎？是可以啦，好歹認識那麼久了都還沒一起單獨吃過……」還沒說完J就收了那兩張餐券繼續調她的酒。

那天醒來，好像有什麼怪獸在腦袋裡暴動似的，全身被釘在床上幾乎動彈不得，我請昨晚才認識的床伴幫我倒一杯水，「我知道，出去右邊廚房上面的櫃子有你專用的紅色杯子，房間書桌第一個抽屜有藥，上次你也這樣，真是的。」又驚又茫然的看著這個一絲不掛的女人露出小虎牙竊笑了兩聲便赤裸的去倒水，「我都還記得你，上次你不是這張臉的，你已經不記得我了。」吃下藥果然好了許多，送走她之後，我告訴自己要記得人家以免下次又遇到反而失禮，這可是基本的尊重和禮儀。不過，我到底有沒有問她的名子，叫什麼來的……

你已經不記得我了。

說些別的事好了，恩斯和兩年的女友合約好像快到期了，似乎沒有打算繼續簽約下去。之前我是去找「幸福二號」簽的，不滿意加一些手續費可以提前半年解約，不過三人行的契約價碼比較高，總覺得這種生意錢也能賺實在太誇張了，要是我早出生個一百年，連一毛屁都不用給，真羨慕當時普遍自由戀愛自由分手的世代。精明的女人，都第一天跟你上床後，讓你心滿意足、意猶未盡再把你拐去簽約，這倒是無妨，但老是違規就必須不斷給付賠償金，對我來說也是小case，但她們還背著我去找別的男人玩，而那個男人恰好也是有和自己的女人簽約，逮到時被剝了兩層皮，我倒也頗同情他的。錢是小事，但「奇檬子」就不爽呀，打從一開始笑笑姐妹就不安好心，怪就怪我被那兩對渾然天成的奶子給迷住了，啐。

當然不去簽約的人也很多，偶爾睡個一兩天無所謂，但在朋友圈混你不簽別人會簽哪，面子裡子全掛不住，而且現在方案很多，有兩個月的團體短期約，可以將一票好友通通拉拉拉拉～～進來。約是越短越貴，但保障是一樣的，尤其在女性方面還做得不錯，如果有精神、肉體上的傷害，或是有財務方面的糾紛，戀愛公司都會出面幫忙諮詢或協調，雙方不必履行不必要的義務，鞏固己方的權利，甚至連每週性愛次數都可以明明白白寫在契約上，以免過度操勞或是太過於缺乏。戀愛公司也有專門的法律顧問，保證雙方都能夠健健康康的簽約，平平安安的落幕，以前那種為了愛情砍砍殺殺的新聞現在幾乎是看不到了，保險公司和警察會完全擺平。最長的是三年約，最短的一星期，還記得「幸福二號」剛出來打的廣告便是號稱全國最短的約期，「讓每個人都有個美好的Weekend Lover。」恩斯簽到兩年已經讓我覺得他愛得夠刻骨銘心的。

記得小時候自己有個錯號叫做大笨豬，每次體育課無論是賽跑或球類運動完全沒有我表現的餘地，籃球運不順手，羽球老是漏接，足球沒踢兩下心臟好像要爆開來似的，大隊接力總是安排在無關緊要的中間棒次還被女生追過好長一段，國中更痛恨體育課了，真希望每次都上只要在家視訊的有氧健康操。音樂、人際課程、班會等課才需要到學校，偶爾大會考也會安排集體測驗，那時我就在等換臉手術，法律規定要等到發育完全後才能夠進行，否則老早就想趕快換個樣子。一直沒有滿意的異性緣，她們只有在我請全班喝飲料時顯得特別高興，我想要得到被女孩子關注的眼神，那些體育課傑出、一臉帥帥酷酷模樣的男生輕易就辦到了。沒有女孩子要和我單獨出外逛街，利用請客名義又是一大票姐妹，我只有一群女性朋友，卻沒有半個紅粉知己。只有芬芳和我還聊的來，生日時還會互寄電子賀卡和小禮物，只是我對她平凡庸俗的外表並不來電，中學畢業後也沒聯絡了。

結束脫脂和換臉手術的那一整晚我徹夜未眠，對著鏡子不停的檢查是否有瑕疵，怕手術不順利皮膚隨時會裂開成恐怖的殭屍臉，當晚我就擬好邀請以前同學參加換臉成年派對的相關事宜。舞會當天簡直是乾坤挪移大洗牌，班上有三分之一的同學以明星的相貌出席，把這裡當成了星光大道走秀活動，有人自己組裝了一張獨一無二的臉，也有許多類仿當紅明星的款型，還有復古風的臉孔，不在話下。這是一場天鵝白淨無瑕的舞會，沒有任何一隻醜小鴨還在原地徘徊，每個人都高展青春的羽翼飛天高喝。那晚我就把到某個以前老對我愛理不理的女孩，在所有人都換臉之後，她原本那張白皙樸素的娃娃公主臉，也和大家差不多而已，就我看還差些除斑、保養和上些脂紅。

換了臉連人生也全換了。

當然也並非全都那麼順利的，否則也不需要老是到蒂蒂那兒喝酒了。必然要從請一杯酒開始，J總冷眼旁觀我和那些女孩打情罵俏的時刻，我在笑談之間有耐心的給予對方談話回應，並用眼神與口氣徵求一些同意，和女人們交換了精準的暗示以後，才會問她晚上要不要去外面吹吹風再到家裡來喝兩杯，我可以開一瓶上等的好酒招待，不香醇保證理賠，對方通常樂得不可開支。隔天我還會詢問J昨晚那個美眉怎麼樣，「很漂亮，很好。」「就這樣，沒有別的？」「還有其他的嗎？」J回答。我滿意的點點頭，漂亮就對啦，不漂亮我找她幹嘛，所有漂亮的都被我征服了，無一倖免。

J女孩一直有個心儀的對象，聽說是個用功上進的好青年類型。「妳把胸部弄大一點，臉換正一點，他很快就餓虎撲羊了。」我用爪子在空中揮了兩下。「這樣就沒意思了，而且換了以後，他喜歡的就不是我了。」J冷淡的說。「反正男人都喜歡這樣，要不要辦妳看著辦。」我正說完，那個我忘了問名子的虎牙妹又走進蒂蒂，說家裡停水，來這裡找看看有沒有認識的人可以借她洗個澡。

「我先去拯救洗澡危機啦，再見。」揮揮手我迫不及待和J告別，看來這是第三次和虎牙妹了。

我像根火柴棒似的急著要在虎牙妹身上擦出火焰來，右手按著她豐腴的乳房左手扯她的窄裙。「會壞啦。」「賠一件給妳！」她也不惶多讓的直襲我很硬很硬的地方。翻雲覆雨後，這次由於沒有喝，自然也不會有頭痛的問題，可以好好的聊一聊。「妳叫什麼名子？」第三次總該要知道了吧，出來玩不能連基本禮儀都忘光光的。虎牙妹張狂笑了出來，讓我覺得自己是不是問了一個愚蠢的問題，她在不知道岔氣了第幾遍後，才穩住回答：「我是芬芳！就知道你不記得，色鬼，認不出來了吧！」我一下崩裂掉了，是那個有點黑、一頭分岔粗髮，戴一副紅色細框眼鏡的芬芳？「你看我漂白的很成功吧，完全看不出來是人工的耶，連乳房的血管都那麼清楚的說……」她仍自得意滿滔滔說著，好像老早就猜到我會有這樣的反應和表情，頓時之間我想起芬芳以前對我的暗示：「要不要一起吃頓飯慶生？」但我一概以有活動回絕。

「上次你生日找了三個妹，其中一個就是我呀。」芬芳補充道，我明白這一切都是一場計畫性的陰謀。

以外表來講，J不能稱的上要比現在芬芳的外型好看，但我看著J慢條斯里調酒的模樣，彷佛有種靈魂被安置的靜，像是躺在一望無際的湖泊，聽著鳥兒成群鳴叫而飛過。我看見J的透明、光亮，回憶起芬芳狂傲的笑聲反而讓我不寒而慄，天使的臉孔、魔鬼的身材，惡魔的心。

「惡魔？惡魔不是你引來的？」J酷酷的臉第一次因為這件事情開朗笑了出來，彷彿好像我鬼打牆很爆笑一般，把她一整年的笑聲都用完了，她還真的很少那樣笑。芬芳又來蒂蒂找我說要開個同學會，但我知道這仍然只是個名目，本來要躲開她的，沒想到她將外套脫掉，挺出讓人窒息的半露酥胸問我：「你、怕、我、呀？」恩斯緊握的要被他捏碎的酒杯忍笑，J還吹起了口哨。

「我……誰怕了，走呀，開同學會就開，我還怕開不夠勒！」

過了幾天我聽J說才又有種恍然大悟，「也許芬芳在很久很久以前就喜歡你了，在你還沒有換臉的時候。」

原來，我老早就被看到了，在人群之中，默默的被注視著。

一〇一年度陳哲男校友文學獎小說類第一名

速度

1.

已經十五年了，有點像是囚犯坐牢的時光，沒有前進的感覺與意味。

祖母被送進加護病房急救，血壓與心臟一度猶如壞掉的鐘擺，在所有人都尚未察覺中不知不覺停擺了。原來只是沒有電池，在醫生的強力電流之下，鐘便又開始擺動。

父母和叔叔們的淚早先已流過，他們一致同意如果救不回來，便宣告放棄，解脫她十多年來癱瘓躺在病床上的悲哀。

醫生靠著強心針和營養劑維持祖母卑微的生命力，一如一棵即將枯死的老樹，枝幹都已經斷盡（送醫那時不知道誰不小心折斷了祖母瘦骨如柴的右臂）。

沒想到，老樹竟然又開花了。

祖母的生命力不知道著了什麼魔，一日比一日有精神，以致於又恢復往常一般胡言亂語的囈語症。

2.

祖母在我國小時開刀，便全身癱瘓如一只可憐的娃娃，是腦瘤引起的。此後她的速度開始慢了下來，以致於逐漸像一個不停往後跑的選手，逆向緩緩回到終點線。

腦瘤，俗稱顱內惡性腫瘤，致病原因醫學界仍然說不出一個所以然，可能由遺傳、外傷、免疫性、環境因素或某些物理化學因素，也有可能是病毒感染。最常見的腦瘤，是由腦細胞轉移來的惡性癌。

祖母的病情當然並沒有被診斷出來，便送入了開刀房，那時還屬良性，成功的機率很大，但家屬還是必須簽下醫院免責同意書，以防手術失敗後的醫療糾紛與追究。

「阿嬤怎麼了？」還不清楚情況嚴重的我，寫完國語習作和圈詞三遍，又問了一次滿臉愁悶又不想講話的父親：「阿嬤她怎麼了？」

「靠腰呀！」父親上樓，留下錯愕欲哭的我。

深夜的台中醫院像壞掉的卡帶，只有些微的磁帶雜音和狗吠。親戚十幾人全部擠在祖母身旁，靜靜等待她的甦醒。

我覺得無聊，便自己唱起歌來，隨著節奏還跳起了腳步，用屬於自己的速度哼著。

「別在那邊唱！」幾對帶有現實、懷恨、無奈的眼光注視著我。

我靜了，想哭。覺得這個世界運轉的步調很奇怪，為什麼有人出生，又有人可能即將離去，國小的健康教育課本沒有說清楚。

3.

此後的祖母，回到了嬰兒時期，需要人餵食，需要全身按摩以免長爛瘡，需要包尿布，需要有人背到浴室擦澡。她的腦筋也不清楚，只記得人們的稱謂與長相，十幾年過去，就是連我這個孫也給忘了。瘋語從她的嘴角溢出，一天到晚喃喃自語，無分時日，有時候夜半三更也唱起了哭調，覺得自己像是連續劇的悲慘主角，被惡媳婦們給欺負了，又大哭了起來，隨即還會大笑，可能轉到了相聲頻道，總又無意間跳到另一個頻道，沒有固定。

總是由母親、嬸嬸們幫祖母進食擦洗，我不知道是因為雌雄之間的差別，還是傳統觀念上，這本來就是應該讓女人去做的事。

母親總是一口一口餵祖母吃粥，幫她擦屁股，幫她全身按摩，還會陪她說話，縱使祖母還是不清楚的。母親像是照顧小時候的我，很有耐心等待我的舉動，無論是說話或是洗澡，不知不覺中佔用了母親生命過程的一大部分。母親笑了，她對我說，祖母很可愛，看起來很像還沒有長大的小女孩，也很可憐，她永遠也不會再長大，慢慢退化成一個小小萎縮的胚胎。

或許對於祖母，週遭的一切都只是個幻覺，她不會知道自己半身不遂、無法動彈的情況，不會知道她早已失智，且一天一天衰老，更不會知道她的兒女們正用全力在回報孝心。祖母只覺得可能有人想要陷害她，三不五時便會大叫，有時候又會突然中樂透而大笑開來。

4.

由國小到大學，我彷彿只花了一天的時間，就爬到了公園裡巨大榕樹的頂端，望著遠方的綠景看去，有人在運動，也有人躺在草地上打滾，遛狗的人牽著到處奔跑，也有情侶三三兩兩散步著。公園內有個湖，湖中有魚群嬉戲與小鵝，有不知名的鳥類，湖中有人造島，種植著許多不知名的好看植物。這些都只是公園之內的景色，再更遠一點的影像，我還無法坐在榕樹上看到，也許是還沒有爬下來並且走出去瞧瞧，對面建築工地可能每天都有人跌下來摔傷而我不知道，不過這是我當下可以到達的高度。

母親幾年的忙碌可以只濃縮成一日，她獨自照顧著祖母的起居。母親任勞任怨，無怨無悔的把日子一再對折再對折，折到終究只剩下一個厚厚的角，不知道是傳統禮儀習俗的規範，或是佛教的力量讓母親信善，我總不斷在想，經常是練習跑三千公尺的時候，或是在泳池來回二十趟的時候思考這個問題，當我持續反覆著一個慣性運動，操練著青春年輕的肉體在奔馳，就算是壯得像棵巨大的榕樹，我還是想不出答案，只能膚淺的這樣解釋：可能是一種很高尚無私的愛，並且超越了自身的無悔情懷。

如果換作是我，會不會早就跑掉了，我可以用很快的速度跑走，搭上飛機衝上白白厚厚的雲層，眼睛直盯著縮小的台灣，不見了的家。自己流浪去還比較自由自在。我跳下童年的榕樹，跑出那個小小的公園，我已經可以決定自己在地圖上的絕對方位。如果我很自私的話。

對於祖母，我的記憶實在太少。記得她還健康的時候，崇信佛教，一字不識的祖母卻溫柔萬千，每次過年回家，她便會煮豐盛的佳餚填飽子孫的胃，所發的紅包都是最香最厚的一包。一整年以來，我最期待她的壓歲錢了，由於平常不會常回去探望她，通常見面和領紅包的日子是一樣的。平時她都在門口和幾位老人家閒話家常，交換僅有的家族資訊，一邊折紙蓮花、剪蓮子，好不快樂。

祖母以前和二叔一起住在灣仔內，偶爾會輪流到其他兒子的住所走走，待個幾天。幼稚園那天下午，我偷拿了家裡的錢跑去打電動，差點沒有被打死，所幸那天祖母住在我家。

「賣擱打了。」年邁的祖母阻止手握菜刀的父親，我便還留下健全的雙手可以打字說故事。剩下的回憶，都是她躺著的時候比較多。

每次輪到叔叔家照顧，我便將祖母背了起來，從三樓小心的走下樓梯，她的汗腺失調，有股皮蛋上阿摩尼亞的味道揮之不去，把她輕輕放置在車上，出發到另一個家。

5.

祖母不知道病情為什麼忽然惡化，父親連禮儀公司都已經接洽妥善，只等她闔目。病院內，急救之後。

「她如果不行，就別再讓我媽痛苦了！」父親不忍心的對醫生說出請求，虎目流淚。奇蹟發生，她的胸膛起伏，漸漸有了呼吸。從來沒有想過有一些人要呼吸，竟是那麼不容易。

祖母不久便住進安養院，每個月兩萬左右的開支。

安養院有許多老人，有些失明的，有些殘缺的，大多數倒也健康，不知道什麼原因住了進來，也有像祖母那樣的特殊案例，生了一種必須二十四小時照顧的病。

我總是一個人開車去探望她，帶著每個月的安養費。一個半小時的車程總覺得慢，慢到有時候會莫名煩躁起來，想要有個任意門穿梭在兩地，慢到覺得時間就像潑了一盆清水，出去就回不來了。這不是我想要的生活速度，我也不忍看見祖母是這麼樣的緩緩前行。

那天她依然不認得我，我也樂意的重新自我介紹。

「哇系阿諄啦，小虎（我屬虎，長子，乳名），建亭仔的兒。」她只聽的懂台語。

我摸摸她滿是皺紋的手，還有都沒用而只剩下骨頭的腳，希望讓她開心。常常注視著她許久，出了神，覺得她真的很得人疼，上天給她這麼悲慘的命運，也給了她許多不願拋棄她的兒女。「久病無孝子」這句話或許不完全正確。

隔壁床的阿嬤突然嚎啕大哭起來，嘴裡有詞，我理性的看了看她，她也許是觸景傷情，覺得完全沒有親人願意來見她，陪她說說話，是件鼻酸之事。她的腦子是正常的，每天都思考著生命的本質，也知道自己處於社會的邊緣，生命的邊緣。安養院辦了再多的活動，請了更多陪伴聊天的外勞，沒有親人的探望，終究是人生盡頭的一場悲哀與寂寞。我便想要快速離去。

6.

我覺得羞赧，有時候覺得一個月回去見她一次面，都是一件令人沮喪無力的事情，祖母不會知道什麼叫做寂寞，也再也不會康復，時間只是停留在屬於她所認定的生命時刻，正悄悄流逝。也許是我對於她的情感多隔了一等血緣，便也自私的認定世界其實不少她一個。只是我不願承認，這樣的我太不人性，也太理性了，自以為是的認為可以斷定一個人的命。

「祖母，我想妳可以安心的睡，月亮會看照著妳，星星會為妳演奏，妳毋須擔心。祖母，這個社會沒有多餘的福利供養妳，兒孫還是捨不得這樣放棄妳，願妳多呼吸一口氣。祖母，日子一天天過去，一天天過去，妳還沒醒……」曾經用稚嫩的筆觸寫下的句子，我掙扎著把它撕去，有時候愛，有時候恨。

兩個速度不同的人，一個快速向前奔跑，另一個緩緩向後退去。那天我坐高鐵，發現從台北到高雄居然只要花九十分鐘，心裡竊喜之虞，忽然想起安養院的探望時間又到了，如果龜兔賽跑的烏龜可以一路爬回起點並且欺騙兔子說：「其實我的龜殼內有安裝最新型的火箭系統，咻一下就到了。」那該有多好。

九九年度陳哲男校友文學獎散文類第一名

對愛渴望

思考過許多可能，沒一種適合現況
把年份存封一兆光年，他在想也許
時間可以把戰爭與疫病
像未曾發生過的那樣寫入宇宙
成為有意義的事件、符號

別人的快樂與自己有關，遺憾也是
自己因這些而活、因這些而死
他試圖捕捉窗外的風
健行的陽光，酩酊的月光
無論哭與笑，喜悅與哀傷
過過一遍的日子
理當可以再過一遍

像明日，明日的明日，一樣
快樂可以複製快樂，悲傷也是

一萬首歌，一萬部劇
百無聊賴中他聽也看
疑惑自己可能也是別人
聽也看的其中之一
他真希望自己成為那音符與故事
成為他人生命閃過的一束光

病得很輕，他思索門與窗的關係
有沒有分裡外、分遠近
他是個沒有情節的人
沒有開始，也沒有結束
沒有影像，也沒有聲音

他為此深感喜悅，都只是些
不需要的東西
而真正重要的東西
早已死去

一一〇年度陳哲男校友文學獎新詩類佳作

國家圖書館出版品預行編目

冷或不冷神都在 / 雨諄著. -- 高雄市 : 林雨諄,
2025.02
面；　公分
ISBN 978-626-01-3756-4(平裝)

863.55　　114000887

冷或不冷神都在

作　　者／雨　諄
出版策劃／林雨諄
製作銷售／秀威資訊科技股份有限公司
114 台北市內湖區瑞光路76巷69號2樓
電話：+886-2-2796-3638
傳真：+886-2-2796-1377
網路訂購／秀威書店：https://store.showwe.tw
博客來網路書店：https://www.books.com.tw
三民網路書店：https://www.m.sanmin.com.tw
讀冊生活：https://www.taaze.tw

出版日期／2025年2月
定　　價／380元